风说云知道

钟燕 著

民主与建设出版社
·北京·

© 民主与建设出版社，2022

图书在版编目 (CIP) 数据

风说云知道 / 钟燕著 . —北京：民主与建设出版社，2022.4

ISBN 978-7-5139-3797-9

Ⅰ.①风… Ⅱ.①钟… Ⅲ.①散文集—中国—当代 Ⅳ.①I267

中国版本图书馆 CIP 数据核字（2022）第 052312 号

风说云知道
FENG SHUO YUN ZHIDAO

著　　者	钟　燕
责任编辑	周佩芳
出版发行	民主与建设出版社有限责任公司
电　　话	（010）59417747　59419778
社　　址	北京市海淀区西三环中路 10 号望海楼 E 座 7 层
邮　　编	100142
印　　刷	三河市长城印刷有限公司
版　　次	2022 年 6 月第 1 版
印　　次	2022 年 6 月第 1 次印刷
开　　本	710 毫米 ×1000 毫米　1/16
印　　张	13
字　　数	200 千字
书　　号	ISBN 978-7-5139-3797-9
定　　价	59.80 元

注：如有印、装质量问题，请与出版社联系。

目　录

第一辑　时光不语，静默花开

开篇：热爱，是生命中喧闹的明亮　003
　　　一只蜗牛的散步　007
　　　那个戴红花的女孩　011
　　　繁华落尽归来仍是少女　016
　　　笔尖下的似水年华　018
　　　你看，她笑起来像朵花　021
　　　黑白世界里的小王国　024
　　　梦里花落知多少　027
　　　月是故乡明　030
　　　品尝生命中的馨香　032
　　　年之味　037
　　　畲族老屋　041

第二辑　岁月如诗，萌蘖而出

　　　金樱子花饼里的盎然春意　046
　　　鲜掉眉毛的片儿川　050
　　　人间百味何惧苦　053
　　　乌米飘香三月三　055
　　　泰顺绿豆腐　058
　　　酒糟嫩姜　061

以花入茶催风来 063
米面层里包裹的宛转岁月 065
红糟酒里的快意江湖 067

第三辑 秋水如梦，星河璀璨

满陇桂雨尽香甜 072
播种梦想 074
在如烟的尘世中清欢 077
老梨树的春天 079
阳春瑞雪兆丰年 083
相逢是一首动听的歌 086
一支钢笔 089
风信子 094
街头手艺人 098
戳出来的小世界 101
佳燕有归期 104
小黄狗多多 107
春雷 111
老爷子的抗疫年 114

第四辑　四季春秋，凡来尘往

梦里千回南浦溪　118
泸沽湖的初冬　121
三垟秋水雅韵　125
大山里的名门望族——林家十八学士　130
隐匿于时光里的明珠　134
延续工艺之美，圆百年廊桥之梦　137
江南的雨　145
叩访旧时光　147

第五辑　素心向阳，语笑嫣然

亲爱的，那个总说忙的男人其实不爱你　152
在钝感中感知生活的花语　158
以自己喜欢的方式过一生，那才不是将就　160
余生很短，在通往自由的路上你还有多长　163
此时已莺飞草长，爱的人正在路上　168
流浪在这沉浮的世界里——解读三毛逸事　170
小镇里的节日　182
你便是晴天　186
黑脸老陆　197

第一辑　时光不语，静默花开

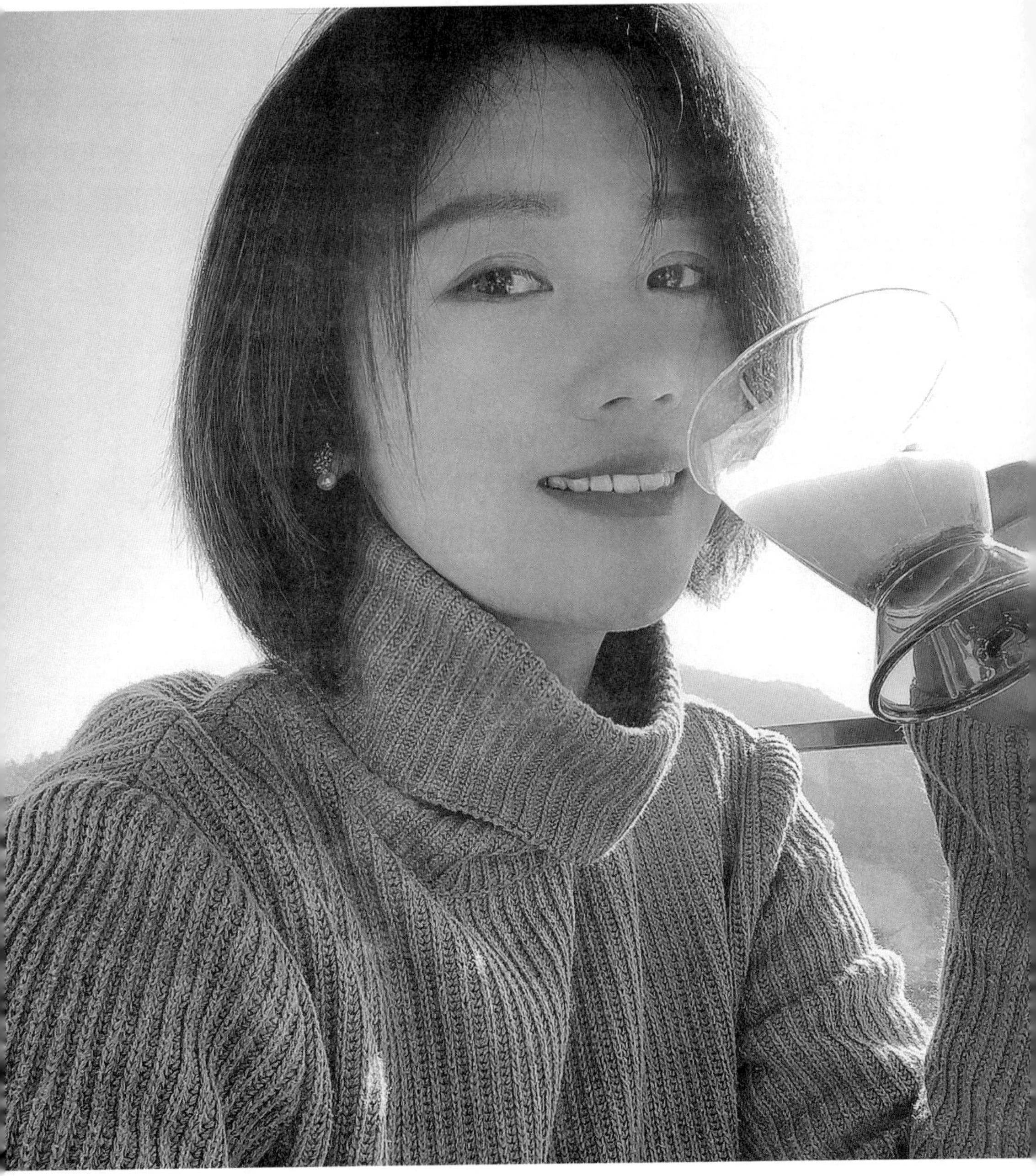

开篇：热爱，是生命中喧闹的明亮

"人的生命里有一种能量，它使你不安宁。说它是欲望也行，幻想也行，妄想也行，总之它不可能停下来，它需要一个表达形式。这个形式可能是革命，也可能是爱情；可能是搬一块石头，也可能是写一首诗。只要这个形式和生命里的这个能量吻合了，就有了一个完美的过程。"

——顾城

对我而言，文学也许便是我生命中的这种能量。它无声无息，却如氧气般地存在于我的生命里，成为我在这个世界上行走的必要条件，就像鱼儿离不开水那般无时无刻不在滋养着我的生命。

从小的我就是个有些多愁善感的孩子，看似外向开朗的外表，实则却有颗敏感细腻的心。20世纪80年代的山城物质还有些匮乏，广阔的山间田野就是孩子们的喧嚣世界。

作为一个综合矛盾体，我可以一边和小伙伴们嘻嘻哈哈地玩耍，但一个人独处的时候，就会完全沉浸在自己不着边际的胡思乱想中。我的脑海中经常会冒出许多稀奇古怪的问题，对着窗外的那片小山坡或是远处的风景发呆，经常一待就是半天。

我觉得与文学结缘的人，大多是敏感的吧！敏感的内心世界让我们对这个世界充满了探知的渴求，我们希望可以更接近生活的真相。也许也正因为保有这份珍贵的敏感，才让我们可以更能洞察到作者的内心，与作品中的故事产生共鸣，这个时候，我不只是一名旁观者，而是成为了一名故事的参与者。

当我第一次有这种当头一棒的震撼感，是我阅读《乱世佳人》这本书的时候。那时我才上初中，繁重的课业压力和青春的叛逆期，让我对这个世界更加充满了迷惑。一次很偶然的机会，我在爸妈的书架上翻到了这本崭新精装硬壳的书。书的封面上印着一个有着一双魅惑的绿眼睛和一张美丽充满了异域风情的脸，后来我才知道这是著名演员费雯·丽。

"斯嘉丽·奥哈拉长得并不美，但是男人一旦像塔尔顿家孪生兄弟那样给她的魅力迷住，往往就不大理会这点。她脸蛋上极其明显地融合了父母的容貌特征，既有母亲那种沿海地区法国贵族后裔的优雅，也有父亲那种肤色红润的爱尔兰人的粗野……"

小说开篇的描写就像是有一股魔力深深地吸引住了我。不得不说，作家玛格丽特·米切尔确实很懂得如何吊起读者的胃口。十几岁的我可能并不完全懂得白瑞德和斯嘉丽之间的各种情感纠葛，但小说里塑造的鲜活人物以及战火纷飞背景下那片带着浓厚乡土情怀的庄园都深深地印刻在了我的脑海里。

那段日子我时常躲在被窝里举着手电筒偷偷地看书，不知道有多少次随着故事里的主人公或喜悦或悲伤地落泪。我喜欢林清玄的超脱淡雅，也喜欢王小波的戏谑犀利，还喜欢严歌苓故事里的人生百态。它们就像一群不会说话的朋友，默默地等待伴随着我的静谧时光。

汪曾祺先生曾说过人总要待在一种什么东西里，沉溺其中，如有所得，才能证实自己的存在。我觉得自己很幸运，因为文学让我找到了另一种丰富的人生经验。阅读让我学会以旁观者的角度去思考，也让我对人性多了一份认识和理解。

如果说阅读是一种输入，那么写作便是一种输出的力量。当年稚嫩的笔迹贯穿了我的整个青春，我不是个好记性的人，许多事像被雨水打湿的字迹一样变得慢慢模糊，但记录文字的习惯却编织成了一条时间轴在我之后的生活里延续了下来。它像一道光扫走了青春时期里的一些阴霾，文字于我而言是一种治愈。

我觉得自己在写作上并不是个多么有天分的人，反而在某些方面甚至有些迟钝，所以我也从来没有想过要靠文字去吃饭，文字对我来说只不过是说话的另一种延续方式，但那些洒满芳香的种子已经开始偷偷地发芽，悄然生长着。

因为对文学的热爱，我加入了学校的文学社，创办了第一本校刊，让我感受到了自己的文字变成铅字与大家分享的快乐。也因为对文学的热爱，影响了我的职业规划，成为了一名媒体采编。也因为对文学的热爱，我开始尝试创作，认真地观察遇到的每个人，收集创作素材。

有段时间特别喜欢打车和滴滴司机聊天，听他们讲遇见的形形色色乘客的故事，有些师傅天生就是个讲故事高手，一件简单的事情，经过他们绘声绘色的润色后，就变得有滋有味。把一件事说明白了不难，难的是把这件事说到人们的心里去，让人们产生共鸣。

蒋方舟说阅读与写作都是一个人的冒险，这个过程中会发现许多自己内心不曾被发现的隐秘部分。我想，这也是我与文学之间隐秘的快乐吧！就像现在人们热衷的盲盒游戏，因为不知道盲盒里是什么，你会有无数的猜想和期待，所以才会产生源源不断的热情，生活亦是如此！

一路走来，文学带给了我无限的希望和乐趣，在我失意或快乐时都给予了我无限的力量。有时觉得写作者就像是一名孤独的战士，独自在时间的光影里承受寂寞，以笔为利器，用心刻录着这个世界。文字亦是一种力量，它抗诉着世间的不平，也像冬日里的一抹暖阳可治愈人心。在镜花水月中照尽世间繁华。就让文学成为我们生活中的光，照亮我们，并赋予我们披荆斩棘的勇气，爱与美好同在！这本《风说云知道》谨献给每一位心中有梦的你们。

一只蜗牛的散步

这学期是女儿大班的最后一个学期了,下半年她就要步入小学成为一名小学生,可她无论是起床洗漱,还是吃饭,或是做别的什么事总是慢吞吞的,就连睡个觉也要搞一堆的睡前仪式,不拖延到最后一分钟绝不肯罢休。

刚开始的时候我总是柔声细语地和她讲道理,试图用春风细雨般的母爱感化她,但是时间久了,她还是一点改变都没有,于是这股细雨就化成了暴雨把我俩都砸得不轻。

我绞尽脑汁想了许多的办法,就拿吃饭来说,为了改变她吃饭磨蹭的坏习惯,我买了大大小小不同计时的沙漏,每天吃饭的时候就拿出来,规定她在沙漏漏完前把饭吃完,不然就要去面壁思过了。

沙漏计时法刚开始执行的头几天,效果立竿见影。我只要一拿出沙漏她就专心地吃饭,我心里暗喜,竟然用一个沙漏就解决了这个老大难。可显然并没有想象中的那么简单,才开心了没多久,她就又开始犯从前的老毛病了,不管罚不罚站,你计你的时,我继续神游我的。刷牙洗脸的时候也是先去这里玩会玩具，再去那里吃点东西，最后才拖拖拉拉地开始洗漱。经常叫了好多遍都还没反应，有一天我实在是被气坏了，生气地朝她大吼："你怎么回事？干什么事都像一只慢吞吞的蜗牛！"

女儿眨着那双无邪的大眼睛天真地说道："妈妈，你是不是更年期了？"我又好气又好笑，问道："什么更年期？你知道是什么意思吗？"女儿说："我当然知道啊，米小圈的妈妈就更年期了，特别爱发火。"

最近女儿迷上了听米小圈上学记，这是她get到的新名词，被她现学现用地套在了我的身上。我瞬间无语，虽然表面不动声色地保持作为一个大人的尊严，心理防线却被攻溃了一大半。

我就不信我几十岁的人了难道还治不了你这个小屁孩？我心里暗暗地下定决心，一定要把她的毛病给改过来，于是我和女儿的拖拉大战正式升级了。

早上醒来，我先打开智能音箱，播放一曲她最爱听的歌，她听到后翻了个身，眯着眼睛看了一眼。有效果了！我乘胜追击，调大了音量，故意夸张地说道："哎呀！今天早上天气真好，让我看看美丽的公主裙放哪了？早起的公主才可以穿公主裙哟！"

女儿一听赶紧一骨碌地爬了起来，举起小手大声说道："在这里！"唤醒成功！我暗笑，姜还是老的辣，良好的开端就是成功的一半，再接再厉。穿好衣服来到洗手台，女儿又像往常一样，喝一口水慢悠悠地玩着，我又灵机一动，对她说道："现在公主来到了海边，她发现一只大鲨鱼把她挡住了，现在必须要完成一个刷牙任务，才能回到岸边，你可以尽快地帮她完成吗？"

"可以！"一听到玩游戏，女儿眼睛都发亮了，丝毫不敢懈怠，认认真真地把牙也给刷完了。接下去就不要我催促了，按照领游戏卡的任务，女儿依次又完成了吃早餐，理书包的任务，最后公主开心地去上学了。

送走女儿，留下了得意的老母亲仰天长啸一声，这胜利的一步迈出得太不容易了。这还只是拉锯战夺下的第一个小山头，接下去的日子，我发挥出了毕生所学，采用了奖励积分卡，游戏激励法，请君入瓮等各种方法来引导。

我不再对她大呼小叫，各种催促，而是让她在快乐的游戏或自我选择的过程中慢慢地去改变自己的行为习惯。我也变得不再急躁，而是多了一份耐心，去倾听女儿的理由，让她以自己的方式去做事。

女儿也从一开始的惯性磨蹭到后来的略有成效再到现在的形成了一个比较规律的状态，在这个过程中，我们两个都有了不一样的成长，我从原来的焦虑状态转变到了更有耐心的状态，我们的亲子关系也从一开始鸡飞狗跳的紧张气氛变成了和睦友爱的母女情深。

老师们也感受到了女儿的变化，在一次家校沟通中让我分享一下养育心得。我引用了那次偶然看到的台湾作家张文亮的一首散文诗《牵着一只蜗牛去散步》来作为我交流发言的开头。

文章里是这么写的："上帝给了我一个任务，叫我牵一只蜗牛去散步。我不能走得太快，蜗牛已经尽力爬，每次总是挪那么一点点。我催它，我唬它，我责备它，蜗牛用抱歉的眼光看着我，仿佛说：人家已经尽了全力！我拉，我扯，我甚至想踢它，蜗牛受了伤，它流着汗，喘着气，往前爬。"

孩子就像是文章里的那只小蜗牛，我们大人就像是带着蜗牛去散步的那个人，因为我们对蜗牛有着太多的期待，所以希望它能快快跟上我们的步伐，我们只看到了它磨磨蹭蹭的步伐，却忽视了它努力向前的脚步。于是我们越来越焦虑，蜗牛也越来越不开心，最后这次的散步肯定是不欢而散的。

孩子其实和这只小小的蜗牛一样，在成长的过程中也有着自己的节奏，大人们不能将自己的焦虑强压在孩子身上，而是应该按孩子自己的方式去慢慢引导，多给孩子一点时间，让他们学会自己去规划时间，据心理专家研究，经常被打乱节奏的孩子，一般都会有早熟、易烦躁、耐性差的特征，或截然相反，表现为反应迟缓、自我压抑、对某些事物过分依赖，这两种倾向都容易让孩子丧失自我。

"我，坐在斜阳浅照的台阶上，望着这个眼睛清亮的小孩专心地做一件事。是的，我愿意等上一辈子的时间，让他从从容容地把这个蝴蝶结扎好，用他5岁的手指。孩子，慢慢来，慢慢来……"这是龙应台《孩子你慢慢来》这本书里的一段话，我看了特别有感触。

每个孩子就像是一棵小树，从小树长成参天大树需要一个漫长的过程，在这个过程中我们父母不仅要悉心浇灌，也要耐心地让他们感受这个世界，空中飘浮的云朵，路边的一株小花，当他们停住脚步观察这个世界时，我们需要的则是一份安静的等待和默默的守护，静候花开！

那个戴红花的女孩

照片中的她灿烂地笑着,明亮的眼眸似天空中皓亮的星辰。

这几天在整理书柜的时候,翻出了一张小学时拍的集体合影照,几十张青春活力的脸上透着一股明亮高扬的光辉,将时间停驻在了 80 年代末,那一年我每天都要从家里穿过一条巷子再沿街走上几分钟,才能到达学校。

有一天班里转来了一位新同学,皮肤有点黄,薄薄的嘴唇,大大的眼睛,一说话就脸红。老师让她做自我介绍的时候,她的声音轻得都没听清她的名字叫什么。

最让人印象深刻的是她头上戴着的那朵大红色的绸花。她正好就坐在我的前桌。上课的时候,我发现她头上的大红花有点挡住我的视线了。我拍拍她的背轻声提醒她,她听到了我的提醒立马就把花给取了下来,又闹了个满脸通红。

下课后我主动地向她介绍了自己,并且谢谢她上课的时候取下了头花。她害羞地说着没关系,这一次我终于听清了她的名字。红叶,这个名字让我想起了满山红叶的秋天。"你的名字真有诗意！"我由衷地赞美道。她又一次地红了脸，就像她的名字一样，敏感娇羞。

从那天开始，我俩成为了形影不离的好朋友。她还是每天戴着红色的大红花，只是马尾的位置扎得没有第一天来时的那么高了。我总觉得她的心里装着许多的心事，有时上课的时候她会突然走神，望着探到二楼教室的几棵梧桐树发呆，我每次问她你上课的时候不好好听课在看什么呢？

她总是微微一笑道："我在等树叶变黄呢！""等树叶变黄？"我满心的疑惑。她只是笑笑，继续认真地望着树上的叶子，不再回答。头上鲜艳的红色与窗外的葱茏在我的心里形成了一团未解的谜。

慢慢地，我也被她传染了。她的这种期待似乎也转嫁到了我的身上，变成了我的某种期待。一有空的时候我也会往窗外望去，看树叶是不是又变黄了一些。

我们在上学的路上走了一遍又一遍，树叶也开始由青转棕，再慢慢转黄。眼见着高大的梧桐就要被满枝头的金色所装扮，红叶脸上的笑容也渐渐地多了起来。

有一天在放学的路上她突然开心地对我说："我的妈妈就快回来了。"我这才知道她为什么一直在盼望着树叶快点变黄。原来她是个留守儿童，爸爸妈妈在她很小的时候就离婚了，她的妈妈为了维持生计去了城里打工，平时家里就只剩下她和她的外婆。她的妈妈告诉她等到树叶变黄了，她就会回来看红叶。红叶很懂事，她知道妈妈的辛苦，从来也不哭不闹，只是每天看看树叶变黄了没，默默地等着妈妈回家。

听了她的故事，我的心里像是被塞了一个馒头，堵得发慌。不由得想到自己天天待在父母的身边，却那么不懂事，老是惹他们生气，再想想红叶，与我比起来她真的是太可怜了。

回到家后，我破天荒地帮妈妈洗了碗，又乖乖地回房间写作业。我这反常的表现让爸妈都惊呆了。我只在心里暗笑，让你们也见识一下我乖孩子的一面。

　　第二天一早，我照例到路口等红叶一起去上学，可是等了好久却不见她的踪影，一直等到上学快迟到了我才拔腿往学校跑。一上午她的位置都是空的，我心想她莫不是生病了吧！等到中午快上课的时候，她终于来了。一看到她我就冲上去问道："你怎么这么晚才来啊！早上我都等了你半天。"

　　她抬起头看着我，我这才发现她的两只眼睛红红的。"怎么回事？"我问道。我突然想到了她的妈妈，问道："你的妈妈没回来？"她点点头，又摇摇头。"到底是怎么啦？"我急得不行。

　　"我妈回来了。"她说道。

　　"那不是好事嘛！"我松了一口气。

　　"可是又要走了。"她的手在衣角来回搓着。

　　"这么快！那她有空还会回来的。你别难过了。"我安慰道。

　　"她要带我一起走，去她打工的那座城市上学，我要离开这里了。"她的声音越来越小。

　　"啊……"我对这个消息感到太意外了，照理说她是我的好朋友，以后她能和她的妈妈待在一起了，我应该为她感到高兴才对，但我却一点也开心不起来。

　　"那你什么时候走啊？"我假装不以为然地问道。

　　"今天下午我妈就是带我来办转学手续的，这个星期我就要跟她走了。"红叶说。

　　"那祝贺你了。"我面无表情地说完转身就回到了自己的位置上。接下去班主任跟大家说了红叶要转学离开这里的事，明天开始就不来上课了，我的脑子一直嗡嗡嗡的，完全听不进她后面在说什么。

　　红叶走之前走到我面前，递给我一个袋子，对我说："这个送给你，有空我还是会回来看你的。"我哦了一声，假装看着窗外的风景，外面的梧桐叶黄澄澄的，有些已经被风刮落了下来，枝干上光秃秃的。

她欲言又止，神情落寞地跟着妈妈回家了。我打开袋子，里面居然是我想要了好久，一直攒钱想买的一个铅笔盒，我的眼泪决堤似的掉了下来。

红叶走了，走的那天我偷偷地躲在车站的一个角落里偷偷地为她送行，上车前她站在那里左顾右盼的，似乎一直在找什么人，直到车要发动了，她妈妈来拉她上车，她才一步三回头地回到了车上。

车轮飞快地转动着，窗户那头映着我最好朋友的脸，那朵艳丽的大红花依旧那么的醒目。

有时候，我们不需要说再见就离开了，因为那句再见对于我们来说太过沉重。那些曾经说过永远不会分开的人和事，在转身时就毫无预兆地离开了，消失在茫茫的人海中，像是从未来过。

漫天的繁星，一树的金黄，曾经在你生命中流转的各色感动，当你想提及时，却是万语难及。每一年的树叶都会变黄，一份少年时代的纯真友谊在无可言诠的生命里，像掠过长空的飞鸟，呼啸而过，仰头望去虽了无踪迹，耳边却回音犹在。

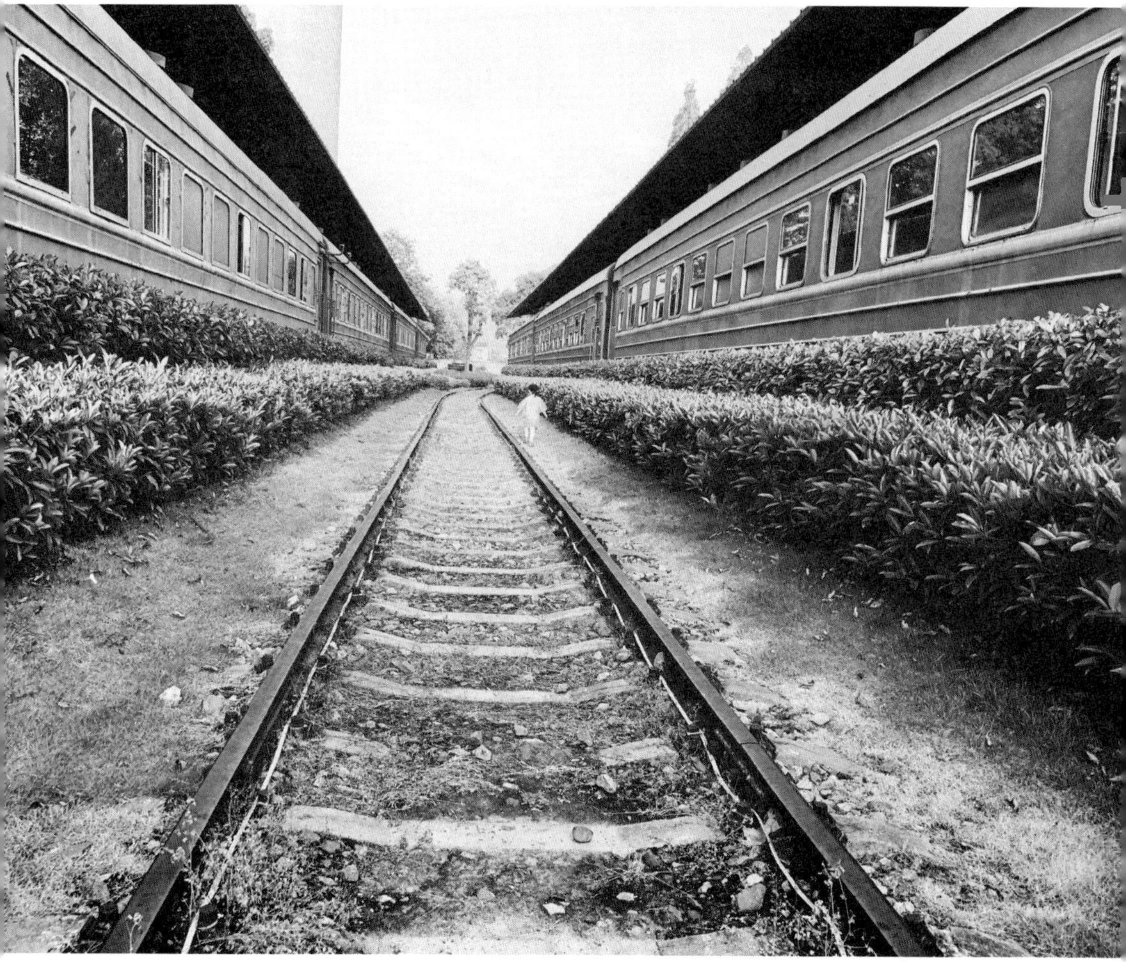

繁华落尽归来仍是少女

  内心一直还觉得自己是个小女孩，可翻过新年的日历才幡然觉醒，我这个"80后"居然也奔着四字头去了。再叫少女已然不合适了，于是保留着最后的倔强勉强在少女前面加了中年两字，美其名曰地将自己称为"中年少女"。从一个懵懂的少女成长为一个稍有阅历的成熟女人，对于女人这个词又有了全新的理解。
  在我的少女时代里是以风姿绰约的女人为榜样的。一头乌黑的披肩长发，随风飘逸的白裙子，举手投足间的温柔便是少女们私下模仿的样子，用摩丝偷偷地把刘海梳高，还要不留痕迹，不然被老师和父母看出来难免要教育一番。那时候香港明星周慧敏不仅是每个男人的梦中情人，也是女人们心目中的女神。
  如果将女人比作一本书，每个女人都有着截然不同的篇章。18岁的少女，宛如一汪清泉，她们不经世事，带着几分初出茅庐的青涩，对这个世界充满了好奇；30岁的女人已褪去了稚气，生活让她们变得优雅成熟，自信稳重，她们在事业和家庭中转变着角色，变得游刃有余；40岁的女人则变得不慌不忙，那些经历过生活的磨砺都变成了智慧，藏进了她们的皱纹里；50岁的女人乐观豁达，她们已经参透了生活的真相，在云淡风轻中独守着自己的那份岁月静好；60岁的女人褪去浮华，享受着天伦之乐，续写着生命的篇章……

  无论处于哪个阶段，女人的美都是需要被滋养的，这种滋养既不是房子也不是车子，而是心灵的呵护。可能是一朵花、一段音乐、一本书，抑或是一个拥抱、一个轻吻……只有心得到了滋养，灵魂才能得以安放。女人如花，她的花期很短暂，但她的美丽却可以一直延续下去。许多花在中途开着开着便萎靡了，浑身长满了刺，被刺到的人第一反应是责怪花朵，却不懂得怎么去避开锋芒，用心去呵护。但是真正懂得欣赏的人是会给你带去清爽的微风与甘甜的雨露的，而不是冷眼和嫌弃。三毛遇见了她的荷西，停止了她的流浪，杨绛遇见了钱钟书谱写了人生若只如初见的相濡以沫，美丽的邂逅为平淡的日子增添色彩，携手共历风雨。

  列夫·托尔斯泰曾说："女人不是因为美丽才可爱，而是因为可爱才美丽。"我觉得一个女人真正的美丽是经历了沧桑，眼眸里却依旧明亮，始终怀揣着一颗热忱的少女心温柔地看待这个世界，愿你一世繁华，归来仍是少女！

笔尖下的似水年华

  收到一封来自远方的新年贺卡，看着上面的祝福语，一阵久违的感动浮上心头，不知道已经有多久没有收到别人亲笔写下的文字了，随着科技的发展，人们的生活习惯也有了翻天覆地的改变。社交软件，电子邮件，或是一个电话都能直接表达出自己的情感。书写反而变成一种很过时的方式。

  木心先生在《从前慢》里写道："从前的日色变得慢。车，马，邮件都慢，一生只够爱一个人。"在昏黄的灯光下一笔一画地写出自己的内心所想，把它们装进信封里，贴上邮票，再将这封带着温度的书信投进邮筒，历经多地，邮递员再将这封饱含感情的书信亲手送到对方手里，光想着这个过程就足够有诚意。

  在 20 世纪末，全国各地开始兴起了交笔友的活动。在杂志、报纸上都设有交友信息的栏目，在上面发布一些自己的信息，留下通信方式，有些再放上一张自己满意的照片，笔友们就开始你来我往地通信了。笔友的最大群体就是十七八岁的学生们，这个专有名词，曾经伴随了我们整整一代人青春的记忆。

笔友们之间的情谊主要就是通过互相通信来维系的,将学校发生的学习与生活记录下来,寄出信后便开始漫长的等待,省内的信件寄出时间还算比较快,如果遇到省外的信件,那就是一场马拉松了。

那时班上有许多同学都交了笔友,一个同学交到的一个最远的笔友是来自内蒙古的,我们还没有去过大草原,对那里的人和事都感到十分的好奇,每次回信的时候我们都叽叽喳喳地向他提出很多问题,让同学帮我们记录下来,那个内蒙古的笔友每次在回信里也不厌其烦地一一做出解答。

那时我们获得信息的渠道相对来说还比较闭塞,外面的世界对我们来说有着巨大的吸引力,我们就是通过这种交笔友的方式来开阔视野,也了解到了全国各地不同地方的生活。

后来,我也结交了自己的人生中第一个笔友。在一份报纸的小豆腐块下我看到了她的信息,一个与我同岁的湖北女孩,在自我介绍中她说自己是个乐观开朗的女孩,喜欢音乐,文学,想交到一个和她有着共同爱好的女生。照片上的她扎着高高的马尾,眼睛小小的透着一股可爱机灵的劲,于是我抄下她的地址,回到宿舍后认真地写下了自己的第一封交友信投到邮筒里。

接下去的一个星期,我每天都要跑到班级信箱里去翻看有没有我的信,每次抱着激动的心情去找,可都以失望告终。

我无数次地设想过,信是不是寄丢了,她没有收到我的来信,又或者是她收到了信,但是不想和我交朋友。一边这么想着,一边又在安慰自己,也许是因为她学业太忙了,抽不出空来回信,等有空的时候她一定会给我回信的。

又等待了好些日子,她的回信终于如愿以偿地躺在了那个小小的方格信箱柜子里。当我看到自己的名字时,那种快乐的情绪不亚于收到录取通知书。信封上秀气的瘦长字迹清晰地写着我的学校和名字，和我想象中的一样，我甚至可以脑补出她爽朗的笑声。在回教室的路上我便迫不及待地打开了信封。

小燕子，见信佳！信的开头她亲切地称呼我的乳名，信里表达了她收到我来信的喜悦以及她对于晚回信的歉意，信里说因为她前段时间回了一趟老家，不在学校没有收到信，所以回信晚了几天。在信里还夹着一张她亲手折的千纸鹤，还有一张长江的照片，这一切都让我这个年轻的心感到无比的激动。

看完信我便迫不及待地给她回了一封长长的信。信里也向她介绍了西湖的美景，还抄写了一篇我近期写的文章和她交流。没多久她的回信也来了，在文章上留下了她认真阅读的痕迹，在一些她认为精彩的句子上画上横线，在她有不同意见的地方圈起来，写下修改后的意见，就这样，我们之间的通信越来越频繁，在信里我们交流着看的书，分享着自己的学习生活，我们的兴趣，我们都很庆幸以这样的方式找到了一个知心朋友。

时间是个无形的推手，悄无声息地将我们推向一个又一个生活的轨迹里。我们毕业了，虽然也互相留下了联络的方式，但新的环境新的朋友将这种缓慢的通信情谊慢慢冲淡了。

有一年，我突然又收到了她的一封信，还是熟悉的笔迹，那个清秀的瘦长字体，她在信里说她要嫁人了，我有些意外，本想着给她回一封祝福的信，但琐事一忙又把回信的事抛到九霄云外去了。等到再想起来时，信件因为搬家全部丢失，也没了她的地址。

从此我们也再没有通过信，生活就是如此，在岁月的长河里我们纷纷地划向了不同的河流，等回头望时，我们都已在遥远的路途中丢失了对方。只能在生命的年轮中互道一声珍重，只愿此生各自安好！

你看，她笑起来像朵花

  那年她是跟着几个刚毕业的大学生一起来到我们学校支教的，几个朝气蓬勃的年轻人往教学楼前的操场一站，就让我们这些没见过什么世面的孩子看呆了眼。

  我一眼就在人群里看见了她，一身飘逸的鹅黄色长裙在六月的风里轻轻摆动，露出一节白藕般的胳膊，她好像感觉到了我的目光，也转头看向了我，对我笑了笑。我慌乱地低下头去，心里却无比快乐，呀！她笑起来好像一朵花。她要是能做我的老师就好啦！

  下午上课的时候，班主任带着一个人走进了教室。我抬头看见了一袭熟悉的鹅黄色，我的心猛地跳了起来。"同学们好，我叫张蒙，以后这段时间里，我将担任你们的自然老师。"我的愿望实现啦！她真的成为了我的老师。

  从那天起，我们每天都能看到她花一般的笑脸。她说话总是慢慢的，说一会儿就要停下来，大大的眼睛盯住某处做思考状，过一会儿，又和颜悦色地讲起课来。

021

她经常会带各种植物到课堂上让我们辨认，仔细地讲解它们的生长过程。除了课本上的知识，她还会给我们讲许多故事，她在师范学校的事，城里发生的新鲜事，有次甚至在教室里给我们弹奏了一曲钢琴曲，她告诉我们这首如梦一般的旋律的曲名叫《天空之城》，时间一分一秒地流逝，我们却丝毫没有感受到它的存在。

　　她的到来像给一个平静的水潭投下了一颗石子，让我们枯燥乏味的学习生活泛起了阵阵涟漪，也带走了学习的些许疲惫。我们每一个人都很喜欢她，所以她课堂上的气氛也特别的活跃，每次提问，大家都争先恐后地举手，抢着回答问题，没有被点到的同学都感觉特别失落。

　　春天来了，漫山遍野的杜鹃花怒放着。张老师兴冲冲地跑到教室，对着午间正在埋头啃题的我们喊道："来，带你们去给眼睛放松一下。"我们跟着她爬上了学校操场的后山，大片大片的杜鹃花殷红似火，张老师像个孩子那般举起双手拥抱天空，嘴里陶醉地说道："好美的春天啊……"我们见她这般痴痴的模样都哈哈大笑起来。

　　她带头唱起了歌，很好听的女中音，在那一刻，我们似乎忘记了学业的压力也忘记了青春的隐痛，像一只只快乐的小鸟，在这片美好的景致下，尽情地宣泄着自己被压抑已久的情绪，我们向张老师倾吐了许多心声，她也耐心地开导着我们，慢慢地解开我们的心结。没多久就要上课了，我们只好依依不舍地回到了教室，内心感觉获得了久违的轻松与快乐，这是张老师在这个午间送给我们的一个解压礼物。

　　后来我们才知道她因为午休时私自带我们出学校而受到了校领导的批评，好在由于她不是学校的正式职工，所以也就口头教育了一番便作罢了，我们知道她挨批后几个同学跑到后山摘了一大束的映山红，插在了花瓶里，悄悄地放在了她的办公桌上。

　　等到她来上课的时候我们就装作什么事也没有发生。她站在讲台上还是那样微笑地看着我们，但是两只眼睛有些红。上完课以后她对着大家说：“这次的考试，你们可要好好发挥哦，等考好了，我再带你们去看花儿。”

那一次我们大家考得果然都很好，她也没有食言，冒着挨批的风险又带我们去后山疯玩了一次。我们问她不怕再挨骂吗？她把头往后一仰，霸气地说道：“怕啥？顶不住了我就把你们推出去顶锅。”我们知道她永远都不会这么做，她宁可自己受委屈，也不会让我们受到半点伤害。

我们以为她会一直这样陪伴着我们一起成长，从未想过她有一天终会离开。但是天下无不散之宴席，离别的那天终于到来了。班长在办公室无意中听见了支教老师不久后便要回城的消息，她把这个令人震惊的消息带回了班里，这无疑是一个炸弹，一下就把我们大家都给炸晕了。对于那时年轻气盛的我们来说，实在无法接受。

上课的时候张老师似乎也察觉到了气氛的不对劲，于是问班长发生了什么事。一个女生站了起来，带着哭腔说道：“张老师，你就要离开我们了。”张老师叹了口气说道：“是啊，我都不知道该怎么跟你们开口说这件事，现在你们知道了，我也就不用为难了。我只希望你们能好好学习，以后来我的城市看我，我请你们吃大餐。”那节课上得格外地安静，张老师依旧微笑着，可笑容里似乎多了些苦涩。

没多久，她真的离开了，离开了这座小山城，回到了她来时的那座城市。她说她会永远记得我们，我们向着远去的汽车使劲地挥手，扬起的尘土迷了我们的眼睛，那辆车渐渐地变成一个白点，越走越远。那个像花儿一般的笑容也定格在了那条蜿蜒曲折的山路上。

黑白世界里的小王国

　　我在一个旧货书摊上看到了一叠的书中间放着几本小人书在卖，于是如获珍宝地将它们捧起来，认真地翻阅。书的封面有些旧了，但纸张还是挺新的，几乎看不出什么折痕，里面的画黑白生动，文字简单明了，让人随着情节一下就进入到了故事中。这几本小人书像是一个尘封许久的箱子被打开了，里面倒出的是一颗颗晶莹的珠子，一声一声地敲打出快乐的音符。

　　20世纪80年代初，人们的精神物质生活都十分的匮乏，大部分孩子们唯一的课外书就是小人书，做完了作业，就开始把自己珍藏的小人书拿出来看，所以小人书就成了孩子们众星捧月的抢手货。

　　要是谁家里有一整套小人书，那他在孩子们中绝对是个人气王。以前的小人书比起现在色彩鲜艳的漫画，自然是黯淡不少，但里面故事的内容却十分精彩。中外民间故事题材，战争故事，每一本都让小伙伴们爱不释手，经过画家们的手一幅幅栩栩如生的连环画本为我们开启了全新的视野。

那时大都是工薪家庭，买小人书可不算是什么必要开支。为了能满足精神食粮的需求，我们这些孩子们可是煞费苦心，最简单的就是用1+1=2这种加法，看完一本后，再和小伙伴们换着看，经常一本书得传完整个班级，如果遇到不爱惜的，把里面折个痕印或是撕个书角，除了痛心疾首一番外，都有了和对方绝交的想法，下次也绝对不可能再借给有损坏书籍劣迹的同学了。所以现在不爱借书给别人的习惯，可能也就是那时落下的吧！

遇到自己特别喜欢又没法拥有的小人书怎么办呢？我想出了一个好主意，就是把它临摹下来，虽然画作很拙嫩，但也算是假装自己拥有了这本心爱的书。但是自己瞎画的终究比不上书店里印着的精美画本，某个星期天我绞尽脑汁终于想出了一个发家致富的好办法，我翻箱倒柜地找出自己所有的小人书存货，又搬出了两条长凳拼在一起，将小人书整齐地摆在长凳上，歪歪扭扭地写下"租一本五分钱"几个字，又像煞有介事地把一个小包挂在了胸前，正式开始了我的小人书租书营业生涯。

初次营业脸皮还是有点薄，也不敢大声吆喝，只敢用眼睛瞟着街上过往的小孩子，并在心里默念着快过来看看呀，但他们只是用充满疑惑的眼神望过来，也不走近。摆了一个上午也没有成交一个生意，我内心着急得要命，但表面还是不动声色。等到我都快睡着了，终于来了一个小男生，蹦蹦跳跳地来到我简易版的小摊面前，开始翻起小人书来。

我一看顾客上门了，按捺着内心的喜悦小声说道："请随便看看，借一本五分钱。"小男孩头也没抬，就扔掉了手中的书，一脸嫌弃地说："都不好看，打仗的一本都没有。"说完就跑了。看着还没到手的顾客就这样飞了，我别提有多沮丧了。正好肚子饿了，赶紧收了摊走人，于是我的第一次创业尝试彻底地以失败告终，虽然当一名小人书摊摊主的愿望落空了，但我对小人书的热爱却丝毫未减，空余的时候，我总是喜欢捧着一本小人书，翻了又翻，妈妈说我都快钻到小人书里去了。

《童年》是我那时最爱看的一本书，高尔基爱憎分明的性格，敢于挑战的勇气以及他凶狠的外祖父，慈祥快乐的外祖母都给我留下了深刻的印象，那时也算是我第一次接触到外国文学，让我领略到了不一样的文化。

　　如果说《童年》小人书是一块引玉的砖，那《水浒传》等四大名著就是开启知识大门的钥匙。在小人书的世界里，我亲眼看到了一个个鲜活的人物在纸上跳跃，在那间几平米的屋子里，仿佛喧嚣的世界里只剩下了书中的那些人物和我自己。看小人书的日子，感受到的是故事里多姿多彩的人生，也在书中留下了许多美丽的憧憬。那时的我并不知道，自己今后会与文学结下不解之缘，但小人书带给我的快乐却是真真切切可以体会到的。

　　黑白分明的小人书赋予了书中多姿的世界，也在我幼小的心灵种下了未来美好的种子，所以在这个小书摊前，心底的那份纯真美好又重新被唤醒了，我想无论再过多少年，这一份小人书情怀永远都是无法抹去了。

梦里花落知多少

  从儿时的脚步开始丈量，穿梭于山城特色的斜坡道路，道路两旁种满了高过路灯的梧桐树，少年的我，时常趴在二楼的阳台往下望，在夏日的夜里等风来，痴痴地望着街道的某处，幻想一个没有边际的未来。

  只是，这个小镇是有尽头的，一条老街，一条新街，一个摆着两家水果摊的环岛将新旧两条街串联起来，从街头到街尾，一个成年人步行十来分钟就可以打个来回。我便是在这个弹丸小镇里度过了我的童年、少年时光。

  我就读的小学在老街上，那时的家长心都比较大，坏人也没有这么多，每天上学放学都是几个小伙伴结伴而行，学校的一幢教学楼后面就是一座小山，也是我们的游乐园，放学后我们女生最爱做的事就是跑到后山上，选一个地方玩过家家的游戏。

  黄昏时分的景色是从容安然的，在洒满金粉的山坡上，一群小伙伴们无忧无虑地嬉笑打闹着，一起度过一段天真烂漫的时光，那时我们的世界很小，小得就只剩下这座小山坡。

玩累了，我们便躺在草地上小憩，翻个身，被压扁的小草趁机弹起它们的身躯，一边挠着我的痒痒，一边发出细碎的抗议声，把手放在它们身上，你甚至可以感受它们向上生长的力量。沉默让事物呈现出它原本的清静样，人是如此，植物亦是。挂满了松果的松树被风轻轻摇晃着，几个晃头晃脑的松果在地上打了几个滚，跑出好远。

芦苇优雅地梳理着它的绒毛，安静地等待着它未知的宿命，它知道自己将会历经一次远行，随后它的生命会纷纷攘攘地在新的领地各自生长。这是生命延续的一份感动，也是繁华落尽后的惆怅。夜幕低垂，泥土散发着白日被太阳晒过的气息，虫鸣开始响了起来，再不回家就得挨训了。我们这才和小伙伴们匆匆告别，像是回笼的鸡群各自归巢。

回家的路必定是要经过这条老街的，老街以前包揽了这个小镇最原始的商业活动——赶集。用我们的方言称之为"交流日"，这个名字其实取得很妙，赶集听上去只是纯粹的商品买卖，但交流日一听又上升了一个档次，每逢单数，这条原本就不宽敞的街被各种摆摊和赶集的人围得水泄不通。

也不知道这个交流日最早是谁定下的，或者是没有谁规定，只是大家都约定俗成地赶在那些日子上买东西，小贩们也就跟着人群越摆越多了，反正不管怎样，对于我们这些小孩来说，多一个凑热闹的去处总是件好事。只要没事，几乎每个交流日我都会街上走走，从街头逛到街尾，那时的小孩子也没有什么零花钱，也买不了东西，逛真的就只是饱个眼福而已。但即便是这样，光逛不买，我也能从这件事里得到一种莫大的快乐。

逛着逛着就不断地遇见和我一样来瞎逛凑热闹的同学们，碰到后就跑上前去哈哈笑着打招呼，如果也只是一个人来逛的，便一起结伴而行，经常逛着逛着，加入的队伍就会变得越来越壮大。

每周的交流日都会如约而至，少年们的快乐也依旧在延续着。后来因为父母工作调动，我们从小镇搬到了县城住，县城不需要交流日，想买什么随时都可以买得到。但我依然时常会想起住在小镇的日子，那些单纯快乐的日子。

有时，我们穿过浓浓的雾色，跨越了千山万水，为的只是倾听熟悉的鸟鸣。在历经生命的风雨飘摇后，解开尘封已久的书画，与流逝的美好再次相遇。

月是故乡明

越来越浓的秋意在满城的桂花香气中散开，再过几日便是中秋了。母亲打来电话，问我们是否回去过节。回复母亲，放假时间太短，带着孩子跑来跑去不方便，今年就不回了。说完便有些后悔，因为我感觉到了母亲的失望蔓延着电话爬上了我的心尖，而我无法承受这带着一丝苦涩的味道，我赶紧挂了电话。站立许久，突然儿时的往事涌上心头。

依然如故的深秋，只是那时我还年少。天台上，几个小人儿正眼冒绿光，望着躺在竹匾里的月饼、枣儿们垂涎欲滴，摆放在两旁的红蜡烛时不时地滴落下几滴红油，火苗正和几缕微风对抗，左右摇摆却十分顽强。母亲端来了一盆水，慈爱地说道："再等等，照过月亮就能吃月饼啦！""哇……"孩子们发出一阵欢呼，母亲的这句话像是一句有魔力的咒语，一开口，月饼似乎已经到了我们的嘴边。

我和几个小伙伴蹲在水盆的周围，眼睛一眨也不眨地盯着水盆，等待着今晚主角的出现。此刻深蓝色的天空静悄悄的，几片似絮轻云如绢的浮云下发出可疑的青色，寂寥的远处偶尔传来了几声蛐蛐叫，蜡烛的火焰又高了许多。"看!"不知道是谁发出一声惊呼,大家齐刷刷地抬头望天,只见月亮不知道从哪个角落里探出了圆滚滚的脑袋,像一个发着光的银盘悬挂在空中,害羞地看着我们。

"快照月!"大家这才反应过来,一个个小脑袋都凑到了水盆前,"月亮,月亮快到盆里来!"我们大声地喊着。月亮在我们的喧闹声中静静地跳进了水盆中,"你看,你看,月亮到盆子里来了!"我冲母亲兴奋地大喊。"是呀!快和月亮许愿,祝你们健康快乐成长,学习进步!"母亲笑眯眯地说道。"我想要一双会发光的运动鞋,我想去北京玩……"我和小伙伴们便对着月亮许下了好多美好的愿望。

"照过月亮,可以吃月饼了。"母亲准备分饼了,孩子们最期待的环节终于到来。这是一个比我们的脸还要大的月饼,圆扁的酥皮上密密麻麻地撒满了白芝麻,母亲在我们渴望的目光中落下了手中的刀,一下,两下,三下……圆圆的大月饼瞬间被分成了若干块。在旁边看着的我们早已被馋得狂咽起了口水,等拿到手上,便迫不及待地咬上一口,酥脆的月饼皮夹杂着花生芝麻的香甜,带着丰富的层次,随着口腔的满足延伸到整个身体所弥漫的幸福感便油然升起。在月光下与小伙伴们一起一口一口地分享品尝着月饼,那种内心的喜悦与舒逸让许多年后已步入中年的我现在回想起来也会粲然一笑。

露从今夜白,月是故乡明。我从遥远的思绪中回过神来,抬头望天,一轮明月正淡淡地挂在空中,月光洒落下来,静静地将自己的柔和倾泻在黑暗中,我拨通了母亲的电话:"妈,今年中秋节我们回来过……"

品尝生命中的馨香

  那天，朋友送我一盒新茶，回到家我便迫不及待地泡上了一杯，看着翠绿的茶叶在杯中伸展翻腾，阵阵幽香扑鼻而来，窗外是细细的雨声，整个人便觉得身心轻盈，有一种道不出的轻安欢喜。与很多爱茶之人的讲究相比，我只是浅尝辄止，略知一二，并没有到嗜茶的程度，但不能否认，对于喝茶这件事，我是喜欢的。

  对于茶的记忆，那该从我的童年说起。我的家乡泰顺便是产茶之地，泰顺境内重峦叠嶂，云雾弥漫，雨量充沛，造就了产茶地得天独厚的自然条件，是养茶的绝好胜地。茶叶便是在那样的天然环境里被滋养着。茶在我们的生活里是再熟悉不过的事物了，它是人们生活中的日常，人们也在茶中品味生活。

  记忆里家乡的人几乎没有不喝茶的，俗话说："宁可一日无食，不可一日无茶。"一家老小，除了幼儿外，夏日里一壶凉红茶便是最好的解渴消暑利器。读初中时，学校离家很近，我经常上完体育课就百米冲刺跑回家里，抱着茶壶，咕嘟咕嘟地灌个饱，这份清凉和惬意是非小店里那些饮料可媲美的。这种饮法和现在品茶的慢饮小呷比，多了一分豪迈。不过可能也会被那些真正爱茶之人唾弃一声：土！

客人来访时，一杯清茶是必不可少的。用热水烫过杯子，再抓上一小撮茶叶放入杯内，友人们清茶谈话，不亦悦乎！"牛饮可解燥，慢品能娱情，茶之趣也。"

家乡的春天因为茶也变得曼妙了起来，闻名遐迩的《采茶舞曲》的诞生地便在我的家乡。每到四月，我住的那条街就开始溢满了清雅的茶香味。小镇上的人们忙着收茶炒茶，茶农们忙着采茶卖茶。对于茶农们来说，采茶就是在和时间赛跑，速度稍微一慢，叶子便多抽出了一厘，这价格也就相差了许多。采茶这活远没有艺术创作中所呈现出来的那般充满着诗情画意，茶山中云雾绕，片片翡翠随风起舞，茶农们却无心欣赏这朴素寂静之美，只顾忙着手不停歇地摘采着。

采完茶后再挑着两个大竹筐，竹筐里装着刚采摘下来的新鲜茶青来到小镇上向茶贩们推销，茶贩们对茶青的品质评头论足，讨价还价，场面很是热闹。

记得那时，爸妈不在家的周末我就会跑到奶奶家，跟着她一起上山采茶，采茶这件事对于儿时的我来说，是一项十分有趣的课外活动，更何况采完后会有一笔额外的零花钱作为奖励，这是一笔通过自己的劳动获得的金钱，这种成就感和伸手向父母拿钱的感觉是截然不同的。所以从这个层面来说这件事对我有着一种莫大的吸引力。

天刚蒙蒙亮，我就跟着上山了。沿着茶山拾级而上，耳边传来甜悦的山鸟鸣声，层次分明的绿色爬满了各个山头，在一片白茫茫的雾气中隐隐约约地露出一株株圆冠形的茶树，茶园到了。我们将用竹篾编成的竹篓背在腰间，然后开始采茶。采茶叶的时候很有讲究，太嫩的茶不能采，因为太嫩的茶炒出来味道过于清淡，所以还要等它长上几天。茶叶很娇嫩，采茶时不能用指甲去掐，用指甲掐下来的茶叶根部就发黄了，用黑话说就是焦了。

　　采的时候得用大拇指、食指和中指轻轻往上一捏，随着一声清脆的断裂声，一根两叶一芽的茶叶就被采了下来，一采一放，慢慢地速度就跟上去了。双手在叶片中有节奏地摆动着，像是在跳着某种神秘的舞蹈。随着双手的舞动，竹篓中也慢慢地被绿色所填满。此时，太阳不知道什么时候已经从睡梦中醒来，驱赶走了大片的迷雾。整个天地间变得亮堂了起来。整个茶园开始人头攒动，茶农们陆陆续续地从家里赶来，山间里回荡着乡民们此起彼伏的欢声笑语。

　　随着时间慢慢地流逝，我的兴奋劲也被双手传来的酸痛感打消得无影无踪。这时，我便开始消极怠工，坐在土坎上呷上几口奶奶自己炒的野红茶，看看风景，吹吹山风，等着他们回家，爷爷奶奶和其他人都还在不知疲倦地忙碌着，竹笠下是一张张汗津津的脸，沧桑的脸上呈现的却是坚定和喜悦。眼前的这片茶山对于他们而言就是丰翼的收获和生活的希望。

　　那时因为母亲在炒茶贴补家用的缘故，自然也加入了炒茶大军这个队伍列内。那时我也能帮上一些小忙了，我所负责的工序是帮着挑选茶青，家乡茶叶的品种有很多，三杯香、白毛尖、本地土茶，其中以三杯香为代表，三杯香香味浓郁，口感回味甘甜，因在泡第三杯后，杯中还仍留有余香，故名为三杯香。挑选茶青有很多讲究，首先要看它的色泽，就三杯香来说，颜色偏深便是采晚了，而且叶子也太大，这样的茶叶就不值钱了。最好的茶青色泽嫩绿，大小均匀，叶底嫩黄，两叶一芽，这样的茶青炒出来的茶叶则是上品，当然这个也还得取决于炒茶师傅的手艺如何。

　　挑选完茶青，接下来的一道工序就是晾茶。把茶叶散开平铺在竹匾至通风处，将多余的水分晾干后，就开始最重要的一道工序"炒茶"了。那时机炒还没那么流行，所以大部分的茶叶都是人们手工炒出来的，一个大木桶里放着一口大大的锅，上面有几个按钮可以调整锅内的温度。上百的温度，仅用隔着一只纱布手套的手去炒茶，一想起这个，我的脑海中便浮现出母亲那双被烫满水泡的手。在那几个月里，母亲的双手几乎都是布满大大小小的水泡。旧的水泡刚好，又被烫出了新的水泡，一双娇嫩的手经过几个月高温的摧残变得粗糙丑陋，上面布满了心酸而温情的印记。

茶青入锅前，先用油把锅涂抹一遍，锅子温度加热后将茶青倒入锅内开始快速炒拌，一边用手抖落茶青，使它均匀受热，这一步骤叫杀青，目的是让茶青的水分蒸发，待叶质柔软后，便可翻炒第二次。第二锅炒到茶青成片条状，便可进入熟锅，炒的时候要注意力度和手势，这手艺不是一朝一夕就能练就出来的，同样的茶青不同的师傅去炒，炒出来的茶叶都有天壤之别。

我有几次也学着母亲的样子去炒茶，结果手刚放下锅，立马就被锅里炙热的高温给吓回去了。我不知道当时外表那么柔弱的她是怎么坚持下去的，她那幅坐在锅前专心炒茶的画面，像是一幅静止的图案嵌在那时少年的我的记忆里。那时她每天下班后就端坐在那口茶锅前炒茶，直到深夜。我便坐在她身旁，一边看书一边陪她聊天，伴着浓郁的茶香常常不知不觉地便进入了梦乡。所以，茶香于我是有一种温情的成长记忆的。

有些人喝茶执着于器皿和步骤，茶对于许多人而言则是对人生的一种品味。一片小小的茶叶在历经了高温的百炼，几经沉浮后，最终舒展叶片，茶香四溢，散发着它生命中全新的芬芳。生活亦是如此，人们在平凡与挫折中感悟悲喜，在生活的浪潮中翻滚静候芬芳，回味着生活的百般滋味。

唐代赵州观音寺高僧从谂禅师，人称"赵州古佛"，他喜爱茶饮，到了"唯茶是求"的地步，因而也喜欢用茶作为机锋语。《五灯会元》载：赵州从谂禅师，师问新来僧人："曾到此间否？"答曰："曾到。"师曰："吃茶去。"又问一新来僧人，僧曰："不曾到。"师曰："吃茶去。"后院主问禅师："为何曾到也云吃茶去。不曾到也云吃茶去？"师召院主，主应诺，师曰："吃茶去。"禅师以一句简单的"吃茶去"应答前来的僧人，看似平常，细想之下又深藏玄机。一句极为简单的话语，全靠各人灵性去参透，了悟茶禅上，得自在人生。可见茶于世人而言，也是修身养性，参悟人生的一种生活方式。

　　茶是越品越香，初抿上一口，茶的幽香沁入鼻腔，舌尖里也散发着深蕴的清香，有些苦涩，但细品之下则是甘甜。茶三泡之后以淡然收尾，便像已参悟了生命的真谛，以宠辱不惊，闲看庭前花开花落的心态在尘世中感悟静默的喜悦……

年之味

  过了元旦，便离除夕不远了。从那日起就开始掰着手指倒数回家的日子，毕竟对在外工作和生活的异乡人来说，回家过年是一件非常重要的事。即便是我已在美丽的西子湖畔扎根散叶，但那几百公里外的那座小山城依然是我魂牵梦萦的地方。

  家乡的年味是带着浓郁的人间烟火味的。外酥里糯的黄金糕、汇聚了各种美味山珍的大杂烩泥鳅汤、包裹着儿时回忆的米面层、Q弹嫩滑的肉丸……这一道道美味的家乡味道串联起了年的主旋律。

  让我记忆最深刻的却是农村的年。记得年少的我总是跟随着父母一起到乡下奶奶家过年。乡下的年味总是比城里更浓一些。那时村里还没有直达车，巴士到了乡里便停下来不走了。于是我和父母拎着大包小包的年货，得走上几公里对我来说不算短的路。吭哧吭哧地走到村口，几个眼尖的乡邻发现了我们，热情地大喊着我们的名字。"回来啦！"这句再平常不过的问候便使我们路途的劳累消失得无影无踪。

  到达时已是黄昏，家家户户的烟囱里也开始升起了袅袅白烟，那缕缕白烟画着缥缈的线条飞向了已经灰白的天空。夜幕渐渐笼罩了这个朴素的小村庄。在外面浪荡的鸡鸭鹅也扑扇着翅膀回到了笼里。一串震耳欲聋的爆竹声，拉开了除夕夜的序幕。

女人们在厨房里忙得热火朝天，一边闲聊一边添着柴火，油锅里的菜刺啦地翻炒着，菜香味溢满了整间屋子，熊孩子们肆无忌惮地吵闹着，还不忘往嘴里塞东西，大人们则围坐在火盆旁聊起了这一年的收获。影影绰绰的火光映在那一张张笑脸上，是相聚的喜悦，亦是亲情的温暖。

这一天，人们压抑的情绪也被完全地释放开来。大家在桌上开始大声地喊起了酒令，六六大顺，四季发财，哥俩好……一年的辛劳和不如意也在这一声声吉祥的呐喊中烟消云散。

酒足饭饱后，放鞭炮这项活动自然是重头戏。虽然从环保的角度来说，这是一个陋习。但在乡下的年里少了鞭炮就如同烧菜不放盐般的索然无味。鞭炮的种类很多，按响数来分有很多不同的鞭炮种类，还有令人胆战的二踢脚之类的，每次炸响都要被吓一大跳。

我们小孩子玩的基本上都是一扔就响的小鞭炮或者是小烟花类的，也有一些胆子比较大的，直接去捡地上没放完的鞭炮去炸，把鞭炮点燃后扔进瓶子里，扭头就跑，待鞭炮发出一声闷响，熊孩子们便躲在一旁得意地哈哈大笑。烟花响了，绚烂的光也将新年的喜悦推向了顶点。

孩子们终于玩累了，被大人们各自地叫回了家。街上一下变得空荡荡的。只有一两只狗打着哈欠守护着这里，空气里充满着浓浓的硝火味。夜深了，守岁的孩子们抵挡不住睡意进入了甜甜的梦乡，而母亲和其他人还在灶台上忙碌着。母亲终于忙完，在睡前总是不忘在我的枕头底下放一个压岁包，初一的大清早，我便在爆竹声和家人的祝福中迎来了我新的一岁。

后来我长大了，过年也开始给父母封红包。和他们小时候给我的压岁包不同，我给的红包多少有对远在异乡不能尽孝的愧疚和希望他们身体健康的祝福。现在的年味好像也变得没有小时候的那么浓了，每次过年，我总是会不经意地抱怨几句，过年真没意思，但每每过年临近的日子，却还是依然充满了期待。

年的味道是每个中国人心里抹不去的味道；是翻越千山万水都要回到那里，一种叫作思念的味道；是尝一口地道家常菜就会掉眼泪的乡愁味道；是父母在耳边唠叨叮咛爱的味道；我们在路上寻寻觅觅了很久，原来，年便是家的味道……

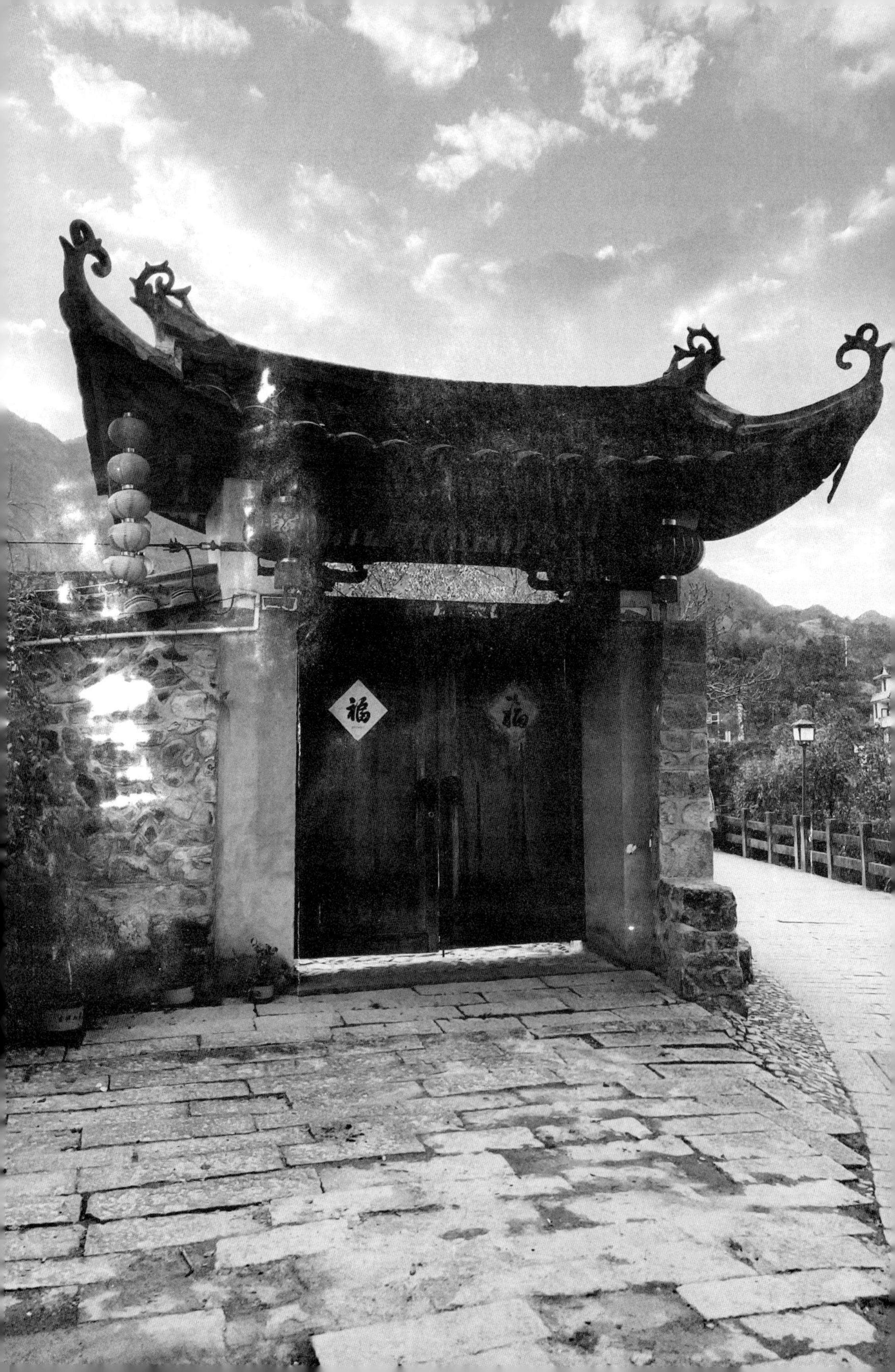
福
福

畲族老屋

在浙南边陲有一个小山村，它正好位于浙江和福建两省的交界处。小山村的一边属浙江省管辖，另一边则归福建省管辖。曾听村里的人讲过一个笑话，以前有人谈恋爱，谈着谈着就被拦住查身份证，原来跑到福建去了。由此可见，这里离福建很近。在这个小山村里憩息着一个畲族小部落，我的畲族老屋也就建在那里。

畲族老屋就是一片很老的屋落，从我记事起，它就一直在那里，老屋的位置很隐蔽，坐落于一座小山坡上，拾级而上，再绕过一片小树林，才能找到它。

黄土泥坯夹杂着石块砌成的墙将这一座座黑檐木头房子圈成了一个与世隔绝的小天地，沿着那条唯一通向屋落的由鹅卵石铺成的静幽小道，走进那垭口式的门洞，便打开了屋子里人们的世界。老屋的整体格局呈门状，进门后是一个所有人家共同的大院，有点像四合院，但比四合院更加通透。

记忆里的老屋里住着八九户人家，我的爷爷奶奶和我已经成家的二叔就是其中的住户之一。住在这座老屋里的人们都是族亲，也无法考究祖上是从哪里迁来的，从哪一辈开始就在这里开始了安居乐业的生活。

老屋全是木质的，连屋子里的地面都是朴素的泥土，只是被磨得像平面一样光滑。一走进屋子，眼睛就要重新适应光线，就算大白天也需要开灯。抬头便可见到屋顶交错的横梁，有些横梁已不堪重负地露出了条条裂痕，像个老人战战兢兢地背负着重担。

每座老屋的格局都是一样的，进门就是门堂，也就是客厅，通常摆放着各种农具，或是在角落铺放着番薯、土豆之类的东西，靠墙的是一张桌子，大家空闲时常聚在这里喝酒聊天。

族人们热情开朗，且好酒，喝的又都是自己酿的红米酒，这种酒后劲十足。每次跟着父母回家探亲，全老屋里的人们都会聚过来，轮番上阵，拿上一壶烫好的家酿酒和一两碟小菜，直到整张桌子摆不下为止。

他们也不坐下，就这么站着劝酒，等到你终于招架不住劝酒的热情，一口干下了杯中酒时，他们便满意地露出开怀的大笑，脸上闪着淳朴的光泽。在族里喝酒有一条不成文的规定，酒不喝醉就表示主人不够热情，正因为这样，族人们也才练就了一身劝酒的好口才。

酒过三巡，酒喝得差不多了，有些人便趁着酒劲围坐在炭火盆旁唱起了山歌。有时大家会起哄让上了年纪的长辈也一亮歌喉，长辈一开始往往是羞涩地推托，后来推托不过，也就硬着脸皮上了。一开口所有人便安静了下来。再皮的小伙子也收起了吊儿郎当的嬉皮样子，认真地欣赏起优美的歌声来。

族里的长辈们大多不识字，唱得都是畲族先辈们口口相传留下来的歌谣。有些是劳作时唱的歌，歌声铿锵有力，歌词朴素归真，有些唱的是郎情妾意的情歌。老人唱着歌，沧桑的脸上浮起了一丝红晕，也不知是被热烈的炭火炙烤得还是想起了年轻时候的模样？

最后的压轴一般都是我，那时作为这个村落族群里的第一个混血儿，我母亲是第一个嫁入这个畲族村落的汉族人。所以我的身份是备受瞩目的。年幼的我也总是不负众望，没脸没皮地又跳又唱，引得满堂喝彩。现在想来，我莫名的自信心从那时就已经埋下了种子。

老屋有一种很神奇的力量，当我一跨入那条木门槛，我的内心就涌起一股浓浓的安心。那股木头里夹杂着泥土气息的熟悉味道似乎有一种魔力，让年少的我心里无比温暖。

门前的屋檐下的燕巢上是燕子们叼来的新泥，它们遵守着春天的约定，裹着北方的风，风尘仆仆地回到老屋。幼雏们张开嘴竭力地嘶喊着，给这里带来了生机和新生命的喜悦。

踏上咿呀作响的楼梯，推开二楼的门，我倚靠在楼廊的栏杆上发着呆，在天气晴朗的日子里，阳光沿着屋檐洒向整个院落，将地上鹅卵石镶上了一片金黄。还有一些若隐若现的灰尘随着光线的照耀，漫天飞舞着。这小小的尘埃世界里，也能让年幼的我着了迷。

老屋对于我来说，从来都是温情的记忆。那里有奶奶那爽朗的笑声，正迈着轻快的步伐向我迎来，"阿妞，你回来啦？"然后用那双温暖粗糙的手握住我的小手。回想起来就像从树叶缝隙里透出的那些斑斓的光那么美妙！

那张永远笑眯眯慈祥的脸，每次送行都大包小包塞满我们的车后座，以及那一声声亲切的"阿妞，你回来啦！""阿妞，你要好好吃饭！""阿妞，你又瘦了！"当记忆的卡带走到这里时，我猝不及防地泪流满面。

奶奶拖着那具瘦小的身躯和爷爷一起在老屋里含辛茹苦地养育了八个子女。老屋见证着他们的出生和成长，也为他们遮挡着风雨。

后来，奶奶走了，现在的老屋也变得破败不堪。族人们在很久以前也纷纷搬走了，只剩下几个舍不得离开的老人还坚守着老屋，他们似乎已经长在了老屋里，和它一起颤颤巍巍地在无情的岁月里衰老腐败，但老屋里那些曾经生活的印记早已在这片土地生根发芽，永不褪去……

第二辑　岁月如诗，萌蘖而出

金樱子花饼里的盎然春意

在春雨绵绵的日子里收到了朋友从云南寄来的鲜花饼,虽然这是云南烂得满大街的伴手礼,但还是被这一份情谊打动,礼不在厚薄,而是在于不论在何时何地这一份随时都可拾起的挂念。

我满怀欣喜地打开盒子,尝了一口,一股浓郁的花香味扑鼻而来,饼和花的清甜混合在一起配合得恰到好处,甜而不腻,还能隐约看到由鲜花制成的馅料,不禁让人浮想联翩,在一袭春雨中,又平添了几许诗意。

在我的家乡也有用鲜花制饼的习惯,但与云南的鲜花饼有所不同,云南的鲜花饼一般作为甜点食用,与云南甜味的鲜花饼相比,家乡的咸味鲜花饼则是作为主食或小吃出现在人们的餐桌上,似乎褪去了鲜花的娇气,更多了一种务实的风雅。

阳春时节是山野里最热闹的时候,泥土在春雨的滋润下变得无比肥沃,植物也更加生机勃勃,随处可见的野菜像是山间土大王,霸道地占了一片又一片的地盘。

也正是在这时,金樱花开了,洁白的花瓣簇拥成团,远远望去,如阳春堆。像一位冰清玉洁的仙女落入凡间,使春天的山野变得更加娇艳迷人。待到金樱花开时,家乡的人们就会带上篮子来到山中寻找它的芳迹,采摘回来制作鲜花饼。母亲曾带我去采过一次金樱花,花饼固然好吃,但采花这活并没有想象中的那么浪漫。

天刚亮时,我们便出发了。金樱花在山野中并不难找,它的生命力极其旺盛,基本上它扎根的地方都是成片生长的。只是第一次采花的我被它美丽的外表所蒙蔽,吃了它的一记大亏。

母亲指着前面不远处的一片白花对我说道:"这个就是了。"激动的我完全没有听到母亲说的下一句话就直接冲了过去,刚伸手要采,就被它藤蔓上的尖刺给扎到了,被扎的地方立刻渗出了血。

看到我鲁莽的举动,母亲看了看我的手,埋怨我做事老是这么毛手毛脚的。我原本满心的欢喜都被这些刺和母亲的责怪冲散得无影无踪了,只剩下了满肚子的沮丧。我故意赌气地坐在一旁,不看母亲。

母亲也不管我,只是一个人拿着篮子默默采起了花。等我屁股都坐得有点发麻了,母亲这才拎着一大篮花走了过来,递给我一朵花,笑着说道:"饿了吧?你看妈妈摘了好多花,回去给你做花饼吃。"我嘴硬地说:"我才不要吃呢。哼!"

回去的路上,母亲和我讲起金樱花的故事来。你别看这金樱花长了那么多刺,可全身都是宝呢。花可做饼,是一道时令美食,成熟后的金樱子则是一味中药材,将金樱子煎汤口服,喝了能治咳嗽和哮喘,它的根和叶也都可入药,有活血散瘀、祛风除湿、解毒收敛及杀虫等功效,可以说它是我们山里人的宝贝呢!听了母亲的话,我低头看着手里拿着的那朵金樱花,瞬间对这带刺的美人刮目相看,也忘了刚才被扎时的沮丧。

我跟在母亲的身后,不时地摘几把野菜。春天的气息把山野渲染成一幅五颜六色的画卷,蓝天白云在我们头顶自由地飘荡,沿途的金樱花们正热情地绽放着,风儿把一丝隐隐的花香送入我的鼻尖,我仿佛进入了它的梦境，一个洁白柔软的梦。

回到家，母亲将金樱花用水清洗干净后，加入面粉和水均匀地搅拌成糊，倒入油后，再把面糊放入锅内煎制，几分钟后，一块金黄的鲜花面饼就出炉了。我迫不及待地夹起一块放入嘴里，面饼的香脆和金樱花的味道完美地融合在一起，有种回甘的味道在齿间停留。不禁竖起了先前被刺伤的手指说道："这痛算没白挨。"

母亲扑哧一笑说道："你今天什么活都没干，吃倒是最积极。""谁知道它长那么多的刺啊！"我偷懒也偷得理直气壮。

若干年后，我对金樱子的了解又加深了许多。在一本书上读到了它的花语，用一首诗的概括再贴切不过，春暮夏初柔蔓长，白云歇絮沁芬芳。浑身钩刺常青度，红果秋冬傲冷霜。金樱子花宋代诗人姚西岩也曾作诗赞美金樱子："三月花如檐卜香，霜中采实似金黄。煎成风味亦不浅，润色犹烦顾长康。"

外表清冷孤傲，内心却芬芳馥郁。金樱子初见时它用美好的味道征服了我，深入了解后更是喜欢。如果你无法接受它带刺的外表，小心对待，那你也就无法品味到它的美丽与价值。

后来我在生活中遇到了许多形形色色的人，其中有些人让我想起了金樱子。他们外表看似难以接近，也不附庸不献媚，永远有着自己的一套处事原则。开始的时候我更偏向与那些一开始就很热情，甚至有些自来熟的人交往，但日子久了，这两种人的差别就显现了出来。

自来熟的人看起来和谁的关系都很好，一到关键时刻就掉了链子，像墙头草两边倒，丝毫没有什么情谊可言。而一开始那些与你君子之交谨言慎行的人，却是与你交心到最后的人。

他们就像金樱子一样，只有慢慢靠近了解后才会懂得，在它带刺的外表下，有着多么丰富温柔的内心，多么汪洋恣肆的热情。

余秋雨说：一个人的故乡就在他的胃里。这句话一下就击中了我，金樱花就像是一位久违的故人，离开家乡虽然已有二十余载，可每每到了春日，我的胃就会唤起对金樱子的记忆，看金樱子藤蔓那婀娜的身姿在款款的清风中轻轻摇曳，我似乎又看到母亲挎上篮子，轻声说道："走！带你去采花，做花饼吃咯！"

鲜掉眉毛的片儿川

年少时离开家乡，到了几百公里外的杭城，在这个可称为第二故乡的地方生活多年，串街走巷地看过许多不同的美景，也领略了热肠古道的乡土人情。如果说一座城市需要从它的各个角度去品味欣赏，那么对于爱吃的人们来说，它的美好应该是从大街小巷里家家户户厨房里冒出的香气开始的。杭州有许多值得一提的美食，东坡肉，叫花鸡，宋嫂鱼羹等菜肴都因为它背后的传说而享有盛名。但我今天提起的这道美食却是一道毫不起眼的面食——片儿川。

本来作为一个地道的南方人，我对面食并不怎么喜欢，但来到杭州才发现这里的人们对面食有着一种执着的偏爱。这一点从杭城满大街的各式面馆里的火爆场面便知晓了。

据说身处鱼米水乡的杭州人却对面食如此情有独钟，其实是有历史渊源的：两宋之际，大量汴京（今河南开封）士大夫、商人南迁临安（即南宋时期的杭州），这些喜欢吃面食的达官贵人，没有入乡随俗吃米饭，反而将吃面食的习惯，渗透到杭州人的饮食习惯中，再加上杭州自身兼容并包的特性，不断地在面食原来的基础上融入了杭州自己的特色。南宋钱塘人吴自牧在其著作《梦粱录》中便有记载当时临安（即南宋时期的杭州）不下20种面的做法，所以，爱吃面食的习惯也一直流传到了今天。

有一天，同学带我去了西溪路街边的一家毫不起眼的小面馆，她叫了一碗片儿川，我觉得这名字取得倒是有趣，于是也叫了一碗。不一会儿，老板把面端上来了，我一看这面简直刷新了我以往对面的认知。

在我的家乡，面的做法一般都较为清淡，最常见的就是放点虾和蔬菜，可这碗面里的内容实在是过于丰富了，我第一次见把冬笋和白蘑菇雪菜这些东西放在一起煮的，再加上一大勺的肉丝，简直就是开启了味蕾的新世界。

我迫不及待地夹起一片冬笋往嘴里放，冬笋的嫩鲜味十足，我不禁又舀了一勺汤尝了一口，汤里面包含了蘑菇的清香，雪菜的鲜咸，浓郁得有层次感。肉片的火候也把握得正好，肉质爽滑，再尝一口面条，口感劲道爽滑，简直让人赞不绝口。在寒冷的冬日里，这碗热乎乎的片儿川让我感受到了春天般的温暖，吃得我大汗淋漓，直呼过瘾。

我很惊讶，一碗普通的面条竟能做得出如此甜鲜的味道，询问面馆老板的秘诀时，老板淡淡一笑，答道："就是一个鲜字，所有的面和配料都要鲜。"这间才几平方的小面馆，生意却异常的火爆，食客们络绎不绝地来吃面，除了偶尔点碗虾爆鳝面奢侈一把，最家常实惠的还是会点上一碗片儿川，用杭州人的话说就是毛落胃。

这是我第一次遇见这道面食的情景，现在回想起来觉得有些没见过世面，但那口子的鲜味却一直停留在我的脑海里一直挥之不去，直到现在片儿川也是我一直深爱的一道面食。每当胃口不佳或不想做饭时，我总是随便钻进一家面馆，点上一碗片儿川。它也从来不会让人失望，一碗下肚清口暖胃，所有的不适都会一扫而空。

这道带着儿化音的面食，是属于杭州独有的美食之一，也是一道具有杭州味的面食。杭城几乎每家面馆里的菜单里都有它的影子，如果哪家没有，那就不能算是正宗的杭州面馆。如果你来杭州没有尝过片儿川这道代表杭州的面食，就像你没有尝过地道的杭州味道一样。

食物是一道道和人的记忆混杂在一起的气息，它通过人们的味觉唤起对这片土地的热爱，一道普通得不能再普通的食物，浅尝一口，从熟悉到热爱，似乎对这座城市的眷恋又浓了一分。

人间百味何惧苦

很多人都无法接受苦瓜的苦味，觉得尝起来清苦，尤其是未焯过水的苦瓜，更是苦得令人发指，难以下咽，但我的父亲偏爱苦瓜的苦味，一上火就让母亲买点苦瓜回来，无论是炒着吃还是拌着吃，都吃得津津有味。

我却一直不敢去轻易尝试这个重口味的苦瓜，觉得它不但样子长得丑，味道也令人难以下咽，每次上桌都把它推得远远的，直到上了初中以后，有一次我上火得很严重，嘴巴里都长了溃疡，母亲烧了一大盘的苦瓜炒蛋让我吃，说这个很下火。

我在她苦口婆心地劝说下皱着眉头尝了一口，居然发现它的味道没有那么难以接受。嫩滑细腻的鸡蛋包裹着苦瓜，鸡蛋鲜香的味道中和了苦瓜的清苦味，吃起来倒别有一番滋味。

我一口气把这盘菜吃了一大半下去。第二天果然见效了，我的溃疡退了不少，我这才发现苦瓜的妙处，觉得以前自己只看到了它的苦，却不懂得欣赏它的价值。

据说苦瓜蚌肉汤这道菜对降血压也有一定的功效。苦瓜中的提取物含类似胰岛素物质，有明显的降血糖作用。中医认为，苦瓜性味甘苦寒凉，能清热、除烦、止渴，蚌肉甘咸而寒，能清热滋阴、止渴利尿。两者合用，效果增倍。

渐渐地，我居然爱上了苦瓜的这个苦味。我发现苦瓜无论是炒蛋，还是炒肉，虽然都有一种清苦味，但那种苦味丝毫没有突兀的感觉。它虽然保留了自己的苦味，却不会把这种苦味带入别的食物里。难怪苦瓜有"君子菜"的这一雅称了。

民间也有良药苦口，苦尽甘来这样的说法，因为苦尽透着生机，所以觉得苦倒未必就是一件坏事。

后来我在林清玄的随笔里看到一则关于苦瓜的小故事，更是对这种食物加深了许多的好感。故事里说有一群弟子要出去朝圣，师父拿出一个苦瓜，对弟子们说随身带着这个苦瓜，记得把它浸泡在每一条你们经过的圣河，并且把它带进你们所朝拜的圣殿，放在圣桌上供养，并朝拜它。

弟子朝圣走过许多圣河圣殿，并依照师父的教言去做。回来以后，他们把苦瓜交给师父，师父叫他们把苦瓜煮熟，当作晚餐。晚餐的时候，师父吃了一口，然后语重心长地说："奇怪！泡过这么多圣水，进过这么多圣殿，这苦瓜竟然没有变甜。"弟子听了，好几位立刻开悟了。

这个故事包含了很深的寓意，苦瓜的本质是苦的，它不会因圣水圣殿而改变，它在冥冥的宇宙中独守自己的气节，即便自己有着不完美，但它还是以足够的平淡来面对各种洗礼。

这就如同我们的生活，在生活中虽然有许多的苦，使我们历经煎熬，尝尽了苦涩，我们虽然不能将它的本质变甜，但我们却可以在苦涩中锤炼自己的心性，做好了迎接苦痛的准备，在黑夜里奔跑，在阒寂中等待，只要有足够的耐心与勇气，我们终将会品尝到苦尽甘来后的喜悦……

乌米飘香三月三

  春日迟迟，采蘩祁祁。三月的江南似乎还沾染着冬日的凄凄，但姗姗而来的春风终究还是吹醒了无限春色，所见之处皆是满目葱茏。想效仿着古人做些花下抚琴之类风雅之事，可无奈自己是个大俗人，心里时刻惦记的无非就是吃那点事。

  每每到了时令季节，味觉的记忆总是比翻日历来得更早一些。春吃笋，夏吃瓜，秋吃豆，冬吃萝卜。一年四季，就在琐碎的烟火气里悠长度过。

  三月三，对于我们畲民来说是一个祭祖的大日子。在这一天，勤劳的畲民们便卸下了地里繁重的农活，载歌载舞，欢度着祖辈们传承千年的传统保留节日。

  除了祭祖这项重要的事情以外，亲手做出美味的食物这是一个充满了仪式感的环节。其中乌米饭就是节日里的重头戏，它的地位有多重要？三月三也被称为乌饭节，由此看来，它的重要性自然就不言而喻了。

  一碗乌米饭将我带回了充斥着有些潮湿气味但饱含亲切的童年回忆

里。雾气蒙蒙的村庄还在沉睡着，只有偶尔几声不安分的鸡叫声扰乱了这份宁静。天不亮，奶奶就起床了。

我在她窸窸窣窣的声响中睁开眼睛，看着奶奶坐在凳子上把长长的蓝头巾像缠毛线团一样在头上绕了一圈又一圈，直到把头巾全部绕完，又仔细地把露在外面的头发捻进头巾里去，连一丝碎头发也没有放过，这才心满意足地站起来，拍拍身上的衣服。见我醒了，便笑着说："阿妞啊，你怎么醒这么早？"

"奶奶，你这么早起来干吗？"我睡眼惺忪地问道。

"去采叶子咯！做你喜欢的乌米饭吃咯！"奶奶平时都说畲语，和我说起另一种方言来有一种好玩的调调。

"我也要去！"我一听要做吃的便来劲了，瞌睡也跑走了大半。匆匆吃过早饭便挎着篮子，跟在奶奶屁股后面屁颠屁颠地跑了。

漫山的乌树叶正在茂密生长着，散发着它们独特的气味，似乎它们在这个季节里的生长也被赋予了新的使命。上山的路越来越不好走了，奶奶从筐里拿出了镰刀，一边劈开扎人的荆棘，一边叮嘱我不要摔跤。走到我鼻尖开始出汗时，奶奶在一片绿色灌木前收住了脚。这就是我们要摘的乌树叶了。

奶奶弯下腰去，用手熟练地采摘着乌树叶。我学着她的样子，摘取最新鲜的叶子。祖孙俩不停地忙活着，转眼筐子里都被装满了。满载而归的我回家的脚步也变得轻快起来，归家的路途，阳光暖暖，山间的布谷鸟欢乐地啼叫着，一种慵懒的充实感流淌在心间。

我们将采回的乌树叶洗干净，放在石臼中捣烂，把它的汁过滤后就可以准备给米染色啦！米是用已经浸泡了一夜的糯米，将泡好的糯米倒入汁液中，等白色的糯米变成了黑色，就大功告成了。

将变了面目的乌米装进一个圆圆的木桶中，架到锅里去蒸，当一阵阵扑鼻的香气随着锅盖的揭开钻入我的鼻子里时，我就端着碗急不可耐地让奶奶先给我盛点尝尝。奶奶一边笑我馋，一边给我盛上满满一碗，再撒上一点糖。紫色的香气袅袅升腾，碗里的乌米颗颗晶莹饱满。一口吃进嘴里，乌树叶的植物清香混合着实在的糯米甜香，唇齿间的醇厚嚼劲让人回味悠长。

吃着乌米饭，听着奶奶讲着它的来历。据说古时畲民们与敌兵交战时，畲民们的粮食常常被抢，于是畲民们想了个办法，故意将米饭染黑，敌兵们看到米变成了黑色，以为是畲民们下了毒，也就不敢吃了。畲民们吃了乌米饭，填饱了肚子，最后终于打败了敌兵。这个吃乌米饭的习俗也就一直流传了下来。

除了畲民们有在三月三吃乌米饭的传统外，自古以来，许多地方也一直有吃乌米的习惯。《荆楚岁时记》里有记载乌米饭是"寒食取杨桐叶染饭，其色青而有光"。

乌米饭的制作大同小异，都是用植物的汁液将米浸润变色，只是步骤有所差别。梁代陶弘景的《登真隐诀》里也曾介绍了它的烹制流程，一道简单的食物，无论是古人还是现代人，它给予了我们每个人在经历了一个孤寂的冬天后所带来的口腹与心理上的愉悦。

而这碗不起眼的乌米饭对于畲民们来说，是还未曾迁徙时身体中流淌着的最亲切的那些故土基因，是民族情怀中朴素而悠远的记忆，也是我曾经与奶奶留下的最珍贵美好的回忆！

泰顺绿豆腐

自少年离家求学，离开故乡已十几载，但无论时光荏苒，故乡的味道却始终蛰伏在我的体内，待立夏、谷雨一个个时节唤醒我的味觉记忆，等美味的家乡食物装满了肚子，也顺便将撒落一地的乡愁拾起。

绿豆腐便是一道让我念念不忘的家乡风味小吃，我的家乡泰顺是处于浙南边陲的一座小山城。俗话说靠山吃山，层峦叠嶂的山野中生长着丰富的物产资源，极其普通的食材经过家乡人民充满智慧的双手，变成了一道道令人难忘的家乡美味食物。

制作绿豆腐的原材料豆腐柴是一种生长在山野中非常普通的灌木植物。细细的枝条上长满了密密麻麻的绿色叶子，不起眼的外表乍一看和绿化带里种的普通灌木丛几乎没有什么区别，但如果摘下一片叶子轻轻揉捏，就能闻到一股清新扑来。这株不起眼的植物，学名为"观音草"，它的叶子可制成豆腐，内含有大量的果胶、蛋白质和纤维素，叶绿素和维生素C，具有清热解毒、消肿止血止泻等功效，家乡人民早就深谙它的妙处所在。

每逢夏季，家乡人民都会上山寻觅它的身影，来制作出这道清凉可口的消暑小吃。摘取时，一般都是连枝带叶地摘回来，以保持叶子的新鲜度。去枝取叶后将叶子洗净，再加入适量的纯净水，水量略超过叶子即可。接着便开始揉搓叶子，将叶子中的汁液完全挤出来。挤出汁液后就要开始进行过滤汁液的步骤啦，用一条干净的纱布蒙在盛放汁液的容器上，将刚才揉搓后的叶子全部倒在纱布上，用力裹紧纱布挤压，等完全挤不出汁液后过滤这个步骤就完成了。再用勺子将过滤后的汁液中浮在表面的泡沫撇尽，这一步骤是为了使做出的绿豆腐外观更加晶莹剔透。

接下来，便是使绿豆腐制作成功的秘密法宝了，加入5~8公分的牙膏，而且要白色的牙膏，所以我们一般都用中华牌牙膏。牙膏在这里充当了凝固剂的角色，最早的时候一般草木灰碱水作为凝固剂，但因草木灰碱水需要用稻草和柴火的灰去制作，所以大家便采用了更为便捷的牙膏去替代。

将制作好的凝固剂倒入绿豆腐汁液中，边倒边使用筷子快速搅动，倒和搅的动作切记要同时进行，不然容易造成凝固不均匀。完成全部工序后，便是静静地等待美食的出炉啦！约十五分钟后，一块娇翠欲滴的绿豆腐便成型了。整块绿豆腐似绿璧般透亮光滑，将它切成小块，再根据个人口味加入生姜、醋、糖、辣椒，舀上一口放入嘴里，果冻般冰爽丝滑的口感即刻让燥热的暑气褪去了不少，再咬上一口，一种自然清新的草木气息伴着生姜的辛辣和陈醋的酸津味道，让整个口腔内充满了馥郁醇厚的乡野气息，那便是来自童年乡间的记忆。

著名动物生态学家珍妮·古道尔曾说过："很多人不知道他们的食物从何而来，有的人根本就不知道他们在吃什么。"随着工业化社会的发展，人们的生活方式越来越快捷，人们不会再为一个食物而深究其来源，而这种从亲自采摘到加工制作，最后到品尝的过程似乎已经成为一种奢侈又遥远的回忆。

许多人对家的亲切记忆，往往从一道简单却又饱含着爱的家常菜开始。作家三毛曾在书中描写过自己在异国他乡收到母亲寄来各种家乡美食时无比雀跃的心情，因为食物的味道里贮藏着自然的情感，只要尝上一口，那种味道，便成为了你的乡愁。

酒糟嫩姜

故乡对于余光中来说,它是一张窄窄的船票化成的乡愁,对于许多在外的游子来说故乡是回不去的远方,而对于我这个吃货来说,故乡是由一碗碗让我垂涎欲滴的故乡小吃串成的丰富味觉记忆。

之前读汪曾祺的《故乡的食物》,看到里面有一段对故乡食物的描写:"天寒冰冻时节,穷亲戚朋友到门,先泡一大碗炒米送手中,佐以酱姜一小碟,最是暖老温贫之具,"读到这一段时便觉得倍感亲切,在缺少华丽却处处充满实惠的生活气息的小屋里,捧上富有乡间特色的食物,亲友们挤在一起热络地扯着家常,将冬日里的凛冽隔绝在一墙之外,朴实亲切的画面感扑面而来。

我的家乡也有吃姜的习惯。只是姜的做法与汪老先生家乡有所不同。高邮是酱姜,而我的家乡是将生姜用红酒糟糖醋浸泡腌制而成。现在正是出新姜的季节,去菜场挑选最新鲜的嫩姜来做这道爽脆开胃的小食。嫩姜和老姜很好区别,和人一样,嫩姜的嫩一眼望去就嫩在它的皮。新鲜的生姜透着粉黄,像少女的纤纤玉手,上面涂着粉红色的甲油,凑近一闻,鼻尖便传来淡淡的芳香味道，这便是"姜油酮"散发出的独特气味，也是生姜中辛辣成分中的一种物质。

　　选好了最新鲜的食材，接下去就是制作了。这道家乡风味的小吃制作中最要紧的材料就是酒糟。家乡的人喜欢用酒糟烧菜，特别是做红烧鱼、肉时，在锅里加入一勺酒糟，就像起了一种神奇的化学反应，原本不动声色的锅里便立刻香气四溢，色味俱佳起来。酒糟也被家乡的人应用到了这道小食制作中。嫩姜经过晾晒，用盐拌匀后，便加入酒糟腌制，最后加入糖、陈醋，放入容器内压实后浸泡数月，待彻底入味后便可食用。

　　小时候的我总是没等到日子，就迫不及待地偷偷打开盖子，挖出一两块尝尝鲜。一入口，陈醋的酸味便充满了整个口腔，嘴里不自觉地分泌出更多的唾液，每个味蕾神经变得异常敏感，再轻咬一口，一股辛辣的味道沾满了舌尖。赶紧再咬一口，辣味变得更直接了。就这么一口接着一口，吃到嘴里不停地哈气，眼泪直流，却吃得总也停不下来。吃得痛快淋漓，也许这便是痛并快乐着？没有食欲时，夹上几片腌好的姜，胃口也被打开了，晕车时，吃点姜也能舒服不少。

　　母亲常说，姜可是好东西，可以驱寒暖胃。特别是对我们女人来说，经常吃姜，可以温经养颜。民间自古也就有"冬吃萝卜夏吃姜"的说法，一道小小的故乡风味小吃蕴藏着丰富的情感，也带来了遥远的记忆，饮食人类学家萨顿曾提出过"食物的记忆"这个概念，食物的记忆是沉积于人们身体的记忆。

　　总有一道食物会在你的脑海中挥之不去，因为它融入了你那时的生活状态，品尝时的情绪，以及与做那道菜的人产生的密不可分的交集，在蛛丝马迹中寻找着属于记忆中的味道，寻找食物背后的温度，在异乡体会着流年里的故乡味道……

以花入茶催风来

  今天收到一个快递，是我前几日买的白桃乌龙茶，撕开包装，一股茶香混着桃花的甜蜜扑鼻而来，在寒冷的冬天里竟然瞥见了一抹春天的气息。我迫不及待地想要泡上一杯，想在春天的幽香中多停驻一会儿。

  第一次尝到这个味道是在一条旮旯胡同的日料店里。店主贴心地为我们倒了茶，我端起茶杯抿了一口，就觉得这茶的味道津香润滑，乌龙茶的醇香中隐隐地被一种清香所围绕。不禁询问店主这是什么茶，店主答道这叫白桃乌龙，还给我拿来了沏茶的壶，只见碧绿的茶汤中乌龙叶被滚烫的热水泡出了各种姿态，深沉的墨绿中暗藏着几点少女的粉色。

  仔细一看原来是几片花瓣，花茶以前不是没有喝过，但这个味道却是如此让我着迷。店主介绍上佳的白桃乌龙，是用日本的白桃花和中国台湾的文山包种茶一起熏制的花茶。这一花一茶单看并没有什么稀奇，但把两者结合在一起熏制成花茶确实是顶好的。

  花茶的熏制是一个繁碎的过程，一吐（鲜花吐香）一吸（茶胚吸香）像是一场盛大的仪式，极具艺术性。窨花使用的鲜花与我们理解中盛开的鲜花不同，它采用的是才刚刚张开一两片花瓣的鲜花，鲜花的香气从初绽再到完全绽放的过程中源源不断地吐出来，香味的层次也变得愈加浓烈。茶胚再把鲜花的香气全然接收，直到最后两者之间你中有我，我中有你，熏制的步骤便大功告成。

  自古以来，中国就有对花饮茶的习惯。以花为伴，以茶为友。宋朝时，有风雅之人觉得对花饮茶，不如以花入茶，从此饮花茶便成了人们相互效仿的一件雅事。花与茶，有着不可细说的不解之缘。明代罗廪的《茶解》中说："茶园不宜杂以恶木，惟桂、梅、辛夷、玉兰、苍松、翠竹之类与之间植。"意思是说在茶树周围种上各种香味浓郁的花树，让茶树通过地下的根脉吸收花香，以此增加茶的香气。

  花与茶这两种原本互不相干的东西，但茶因为有了花的点缀而变得温婉烂漫，花有了茶的清冽而变得更加的风雅，它们互相成就，将各自生命中最灿烂美好的时刻尽情地绽放。一片小小的花瓣，一张经历时间发酵过后的叶子，它们默不作声，只是用馥郁的味觉来表达生活中的诗意。

  这些流动的诗意其实都是人们内心世界的映射，一个人的心灵丰盈饱满，那么在他的眼里，万物也有了灵动的光彩。我们行走在生活的荒原里，很多人只关注行走时身躯的疲惫，而错过了"睡时用明霞作被，醒来以月儿点灯"苦中亦可作乐的欢喜。

  林清玄说"灵魂是一面随风招展的旗子，人永远不要忽视身边事物，因为它也许正可以飘动你心中的那面旗。"冬日朔风凛冽，我在香霭的茶气中怡然自得，悄悄地盛满了一杯子的春意盎然……

米面层里包裹的宛转岁月

　　最近胃口不佳，看着寡淡的米饭就失去了进食的欲望，突发奇想地想自己动手做一道家乡的小吃来解解馋。不用说，在我的心里"米面层"这道小吃是在家乡众多小吃中名列第一的。

　　米面层是用米浸泡后磨成米浆，用特定的容器蒸制成薄米皮，再加入用肉、豇豆、萝卜丝炒成的菜裹制而成的。和杭州人吃的春卷有点像，但是比春卷更大，而且不需要炸。

　　我对自己喜欢吃的食物，有一种莫名的执着。具体执着到什么程度呢？举个例子，从小学开始一直到初中，我每天早上的早餐五天时间里三四天就吃米面层。这种执着甚至已经变成了一种执拗，只要有一天没有吃米面层，我就觉得一天没有真正的开始，这就跟现在的人喝咖啡上瘾是一个道理。所以在某个程度来看，米面层成为了我的一种早起动力。

　　米面层摊就摆在三岔路口，一个自己搭起来小台子。左边的大碗里放着早上刚炒好的菜，旁边摆着醋和自己做的辣椒酱。右边的锅里烧开的水正热闹地翻滚着。

我赶到早点摊时，前面已经排着好几个人了。看到我来了，阿姨冲我笑笑说："今天起晚了哈，我给你留了一层，你先吃着，过会再给你现做。"说着就打开盖子从一个大瓷碗里拿出一层做好的米面层递给我。"放醋放辣，不要咸菜。对吧！"阿姨慈爱地看着我拿过了米面层。

"谢谢阿姨。"我接过还冒着热气的米面层，送进了嘴里。米皮温软筋道，咬下一口，一股淡淡的米香顿时充满了整个口腔，再咬下去，里面的菜急不可耐地撑破了米皮尽情地散发出香气扑鼻的味道。

油里煸炒过的猪肉混合豇豆等素菜的清爽，再加上酸甜的辣味，整个丰富的味觉盛宴就此开启。身体的细胞先从舌尖上苏醒，早起的困倦，在美味的食物中开始化解，一日之计在于晨的欢喜随着这一锅锅热气腾腾的米面皮内弥漫升起。

梁实秋在《雅舍谈吃》里说道，人之最馋的时候是在想吃一样东西而又不可得的那一段期间。远在几百公里外的这道家乡小吃，也成了我馋而不得的味蕾记忆。偶有朋友从家乡带来几层米面层，但经历了长途跋涉，没有了热度，米面皮变得软趴趴的，已经完全丧失了它原有的口感。

这是一个充满烟火气的早晨。我热火朝天地在厨房忙碌着，米浆透着清淡的香味，而儿时记忆里的那些个晨曦，也是这样的味道。按照记忆里的步骤，磨浆、蒸米皮，试了几次才有了一张像样不破损的米皮，小心翼翼地把菜裹进去，第一次的尝试大功告成了！吃着米面层，儿时的回忆又一次汹涌来袭。

时间就像是面前的这桶米浆，将我们的记忆磨成粉沉淀其中，我那些未经加工的青春就这样淳朴无杂质的带着一丝透亮摇摇晃晃地充实着未来的日子。

红糟酒里的快意江湖

在我二十出头的年纪是不懂得品尝家乡红糟酒的味道的，只是家乡的每道菜都会放一点红糟酒调味，所以我的味蕾早已适应了它在每盘菜或是汤里混合而成的口感，但如果把它单独倒出来，当作一杯酒去品尝它，我却是始终无法接受它原本的味道。

可能是它浓郁纯正的酒香让我这个不胜酒力的人闻一口便晕头转向了吧！真正开始喝红糟酒并学会像家乡的人那样去欣赏它的热烈已是许多年后。那次在一好友家，她热情地为我倒上了一大碗冒着热气的红糟酒，里面还卧着一个蛋。

我自然是不想喝的，可好友说这可是本家鸡蛋，酒打蛋吃补的，俗称"月子酒"，也就是我们这边坐月子的女人的一种喝法。我不好推辞，只好接过来尝尝，结果发现味道里虽然还留有一些酒的烈性，但经过蛋和白糖的中和后变得温婉了许多。就像是一匹脱缰的野马受到了驯服，收敛了原有的野性，却也丝毫不能阻止它在草原上继续奔驰。

我越喝越觉得呷出了一种独特的味道，大呼真好喝！也不禁为自己这么多年来错过一味好酒而感到遗憾。也许这种喝法会被很多真正的爱酒之人所唾弃,反正我是接受了这种喝法。

家乡一直以来都有酿红糟酒的习俗,农历十月,正是秋收时分,老乡们把一年辛勤劳动后结出的硕果,堆垒在秋天的田畴。循着落日余晖,忙碌的人们回到了家开始忙起了一件大事,这件大事便是酿酒。

在老家几乎家家户户都会酿酒,清《分疆录》载:"酒必家酿,惟近市用沽。然至十月,则家无不酿,谓之大冬酒,故有极陈美酒。"但会酿酒是一回事,能不能酿出口感上佳的好酒来又是另一说了。

酿酒的步骤繁多,从原料的准备到蒸煮的火候,再到酒糟的用量,全靠酿酒人的经验,酿酒人对酿酒有着笃定的自信,一斗糟,两斗米,十壶水,这样的比例酿出来的酒口感比较醇厚,一斗糟,三斗米,每斗米三壶水,这样的比例酿出来的酒口感则较为浓烈。这些对他们来说已经是甩不掉的记忆了,每到农历十月末,他们又开始以全新的热情将它们从脑子里拿出来,熟练地将它们再次运用一遍。

家乡酿酒一般用的是天然的山泉水,酿好酒便要配好水,这才能相得益彰。将糯米浸泡在山泉水中,沥干水后,倒入蒸饭的圆木桶中蒸熟。过了没多久一阵清甜的糯米香味就从木桶里冒了出来。蒸熟晾干水分后,准备工作一切就绪,接着就开始步入正题,酿酒。

取适量的酒糟用凉开水化开,把蒸好的糯米倒入酒缸中,然后往里撒调好的酒糟,不断地搅拌。这就是考验酿酒人功力的时候了。搅拌的速度很关键,动作要快,因为动作慢了糯米就太凉了,温度太低,酒糟不会发酵,但是温度又不能太高,太高了又会把酒糟中的酵母菌烫死,酒自然也就发酵不成了。

所有的步骤操作完毕,最后一步就是封缸。用棉被或稻草包好后,将酒缸搬到相对较为封闭的房间。不久就能闻到一阵阵浓郁的酒香气了,但到这里,还没有到大功告成的时候,沉缸的时候还得密切关注气温情况，确保酒缸内保持温热的状态，这才能最后酿出甜而香醇的佳酿。

冬雨萧萧的夜晚，一碗浓浓的红糟酒香在屋内蔓延。每品尝一口，仿佛坐在故乡的那座房子，幽幽的月光清冷地笼罩着屋顶，在地上投下了一大片影子。屋内推杯换盏间传来的欢声笑语在酒杯里荡起了一叶扁舟，带我们划向了充满了秋意的故事里。

我的心底不禁升起一种叫作幸福的味道。我们的人生何曾又不是一种酿造的过程呢？在人间烟火中，将善良与智慧，糅合成我们所坚守的信念与未来，在丰富的内心世界里酿造出我们的喜怒哀乐。与好酒的酿成一样，幸福不是别人给予的，而是一个自身由内而外产生反应的最终结果，它指向着我们未来的路，也把我们引向更美好的天地。

在冬日，人们的思绪里带着对秋日离去的不甘与眷恋，一棵光秃秃的梧桐树，或是在身边倏然而起的一小撮不成气候的小旋风都容易把人带入百转千回的往事之中。《追风筝的人》的作者卡勒德·胡赛尼曾对往事有过这样的话一番注解"许多年过去了，人们说陈年旧事可以被埋葬，然而我终于明白这是错的，因为往事会自行爬上来。"

第三辑　秋水如梦，星河璀璨

满陇桂雨尽香甜

杭城的秋意在桂花香气的弥漫中一点一点地变深，整座城市都沉浸在桂花的甜香中，走在街头的行人们都不禁为这一簇簇米粒大小的小花朵而驻足，缓缓地深吸一口气，想让这沁人的芬芳多在自己的身上停留一会儿，似乎这样就能赶走自己一身的倦意。在这绵绵的秋意里，这小小的花朵给人们忙碌的生活里平添了一份闲趣与风雅。

白居易在《忆江南》中写道："江南忆，最忆是杭州。山寺月中寻桂子，郡亭枕上看潮头，何日更重游。"一个最字表露了白居易对杭州这座城市的深深眷恋，向来崇尚闲适生活的白居易之所以对在杭的生活念念不忘，想必也与这丹桂飘香的浪漫秋季有所关联吧！

说来桂花与杭州这座城市的渊源已久，它的气味芳香已在这片土地上飘香了近千年，杭城自古就有绝艳三雪，一是西溪的芦花，名之秋雪，二是灵峰的梅花，名之香雪，而满觉陇的桂花便是第三雪，名之金雪。所以，将桂花选作杭州的市花，倒也一点都不让人觉得意外。

早在南宋时期，满觉陇就已经大规模地种植桂花。在《咸淳临安志》就曾记载："桂，满觉陇独盛。"满觉陇的桂花自古以来便享有盛誉，所以也就顺理成章地成为了杭州最佳的赏桂胜地。据统计，满觉陇现今种植的桂花达7000多株，最长的树龄已有200多年。满觉陇的桂花不仅数量繁多，而且品种也十分齐全，桂花共分为丹桂、金桂、银桂和四季桂四个品种，其中香味最为浓郁的桂花乃为银桂，但银桂的花色也最淡，为白色，而花色最艳的属金桂，金桂的花色是淡黄至金黄，丹桂花色为橘红，米粒大小的花瓣紧密簇拥着形成了一个金色的花丛，阳光透过满枝的碎金，带着深秋的一袭清凉抚慰着人心。

寻着古人的踪迹，探寻满觉陇里的幽香。说是探寻，其实大可不必，因为这里遍地皆是桂花。已是今年开的第三茬桂花了，一夜之间，所有的桂花都醒了过来，且相比前两波有越开越烈的气势。与友人相约到一处茶馆，聊聊家常，孩子们在一旁嬉笑打闹，两旁的桂花开成一树，空气中氤氲着桂花香，在喧嚣的都市中偷得一丝难得的清静，在山间闲林里感受时节的变换，虽未悟得什么禅道，倒也在这桂花飘香的山麓里沾染了几分诗意。

桂花作为十大传统名花之一，人们赋予了它许多美好吉祥的寓意，另外，人们对于它的喜爱也来自和它有关的那些美食。也许是因为对桂花过于怜爱，所以当桂花落下时，人们也不忍让它就此在泥土中腐烂而谢，先民们充分地发挥出了他们的智慧，将桂花加入到了日常的饮食中去。将新鲜的桂花打落，再加入砂糖腌制成桂花糖，一层层的金黄琼浆包裹着甜蜜的乡土记忆将人们的味蕾变得无比丰富，普通的食物似乎也因为加入了这些精小润厚的小东西而变得香气绵长。依稀还记得那日父亲在桂花树下铺了满满一地报纸，摇落桂花的模样，只因我提了一句桂花酿很好喝。也还记得那年秋天，一位忘年交摘了满满的大枝桂花从窗口递给我的身影，这些于我，都是来自桂花温情的记忆。

无论四季交替，世间变换，每每到秋季，许多人都能在这些小小的花蕊里找到属于自己的那番诗情画意，落座院内，淡淡秋光，一碟桂花糕，一杯桂花酿，三两好友，对邀明月，就着故事下酒，便是人间一大美事。

播种梦想

女儿上中班后，突然对修理玩具特别着迷，说是修理，其实称之为拆解更为恰当。每当她拿到一件新玩具时，总是先研究怎样将它拆开，她饶有兴致地将玩具上的螺丝拧开，捣鼓内部结构，至于能不能重新装好就是另一回事了。

这样的手工活儿可以让女儿一坐就是半天，本着自由发展的教育理念，我也就任其折腾，还打趣她是个小小修理工。本以为女儿也就三分钟热度，可没想到她对这事儿较起了真。

在一次亲子游活动中，老师问起小朋友们长大以后想当什么，小朋友们大都回答想当科学家、画家、医生等，轮到女儿时，她一脸稚气地说："长大后我想当修理工。"她的答案立刻引发了现场众人的笑声。

回家的路上，女儿赌气地说："妈妈，他们为什么都要笑我？我再也不要当修理工了！"

我能理解，童言天真，女儿的答案混淆了爱好与梦想，因而逗乐了大家。在成人的眼里，梦想理应高于现实生活，甚至是需要带有一些崇高感的，而太过平凡的职业似乎与梦想格格不入，更何况在许多人的思维定式里，修理工也更适合男孩子。

从女儿的语气中，我能感受到那些笑声让她产生了困惑，这让我意识到，成人不经意间的态度和话语都可能给孩子造成影响，作为家长，应给予孩子足够的爱与支持，在孩子的心田种下梦想的种子。

等女儿情绪稳定后，我问她："你知道电灯是谁发明的吗？""爱迪生？"这可能是女儿知道的唯一一个发明家。"对也不对，因为爱迪生并不是发明电灯，而是改进了电灯，让更多人用上了电灯。据说，他一生有一千多项发明专利呢！"我说道。

"哇！太厉害了！"一有故事听，女儿的好奇心就来了，"那爱迪生也喜欢修理东西吗？"

"是啊，不止是修理东西，他还不断地实验、改造，让东西变得更好用！可你知道吗，仅仅灯丝材料的实验他就失败了1000多次。"听到这里，女儿睁大了眼睛。"而且，爱迪生的失败一度还遭到了嘲讽，但他还是坚持了下来。如果他试到一半就放弃了，那他还能成功吗？""不能！"女儿回答得很干脆。

"所以，实现梦想并不是件容易的事，我们如果想要实现它，就要不断地努力，不能太在乎别人的看法，更不能害怕失败！就比如你摔倒了，有人看笑话，你难道因为心里不好受，就一直躺着不爬起来吗？"我顺便来了个激将法。

"我当然要爬起来！"女儿当即来了精神，"我以后也要成为爱迪生那样的发明家，不怕困难，创造出很多好东西来！"不久后，女儿由于出色的动手能力被选上了班级手工组的管理员，我与女儿关于梦想的话题也暂时告一段落，但她迈向梦想的脚步还在继续。

不管女儿长大后是否还会记得自己曾经的梦想，以及我们关于梦想的对话，但我相信，那颗梦想的种子已经深深地种在了她的心里。

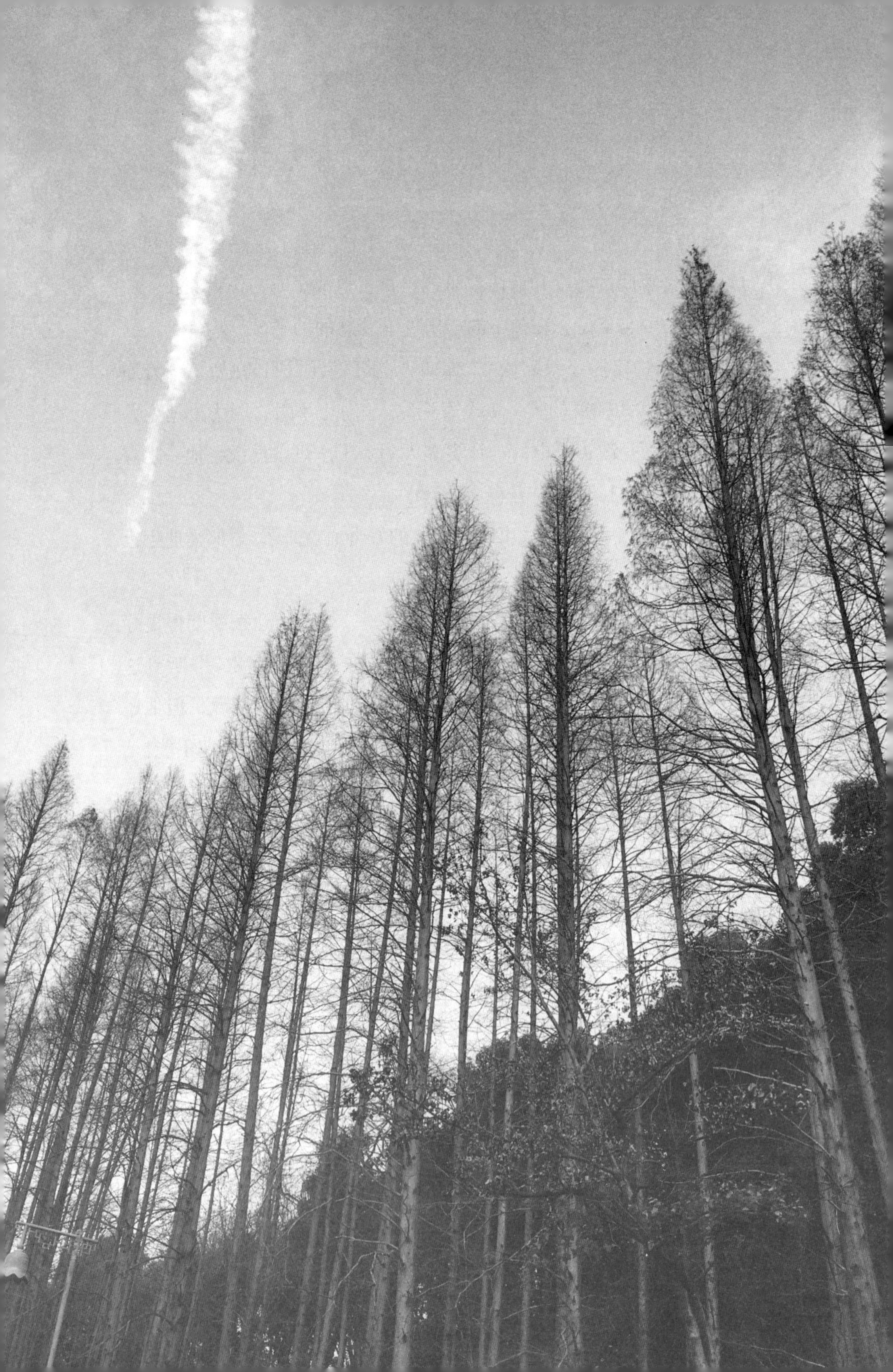

在如烟的尘世中清欢

  正值仲夏时光，天微凉，一塘的荷花铆足了劲，绽放出最清雅的色彩，让自己的美能在这个季节里多停留一会儿。夕阳西下，将余晖打落在蠢蠢欲动的枫叶上，几片枫叶早已按捺不住地羞红了脸，属于它们的鸣奏曲已渐渐响起，离漫山枫红的日子也不远了。

  四季交替，每个季节里都有着它的动人之处，就像生命中的每一个阶段，都有它不同时刻的美妙，像雨天里落入水坑的雨滴，一滴接一滴地敲打着，虽了无痕迹，但那个泡泡溅起的浪花却不停地回旋在我们的脑海中，无可言诠却心生欢喜。

  在古镇狭长的青石板路尽头，发现了一家很雅致的小店，门前一排怒放的凌霄花不禁让人联想到了一群宋朝女子正举袖起舞的场景。推门而进，门上的一串风铃叮叮当当地响起，主人便知道来客了。女主人估摸着40多岁，一身素袍，一头乌黑的长发倾泻而下，眉目间透着经岁月洗礼后的安然与沉静，与满屋琳琅的铜铃站在一起，颇有岁月旅人的味道。

  这应该是我见过的最多样式的铜铃了，记得上次还是在杭州的径山寺里见过，样子简约古朴，十分喜欢。这里的铜铃有的在铃身上篆刻了鲤鱼的形状，连坠子也都是鱼形的，模样十分俏皮，有的上方呈花苞状，下方吊着好几个圆形铃铛，像游乐场里的旋转木马，有的是复古型的，深实的铃身上有着漂亮的纹理，隐约透出铜质的光亮，低调而又内敛。

  店主大姐见我挑得眼花缭乱，于是向我一一介绍起来。她拿起一个风铃对我说道："这些都是我们镇上的一个老人手工制作出来的风铃，他做风铃已经有几十年了。"我有些惊讶，这么精致的风铃居然出自一个老人之手。

  大姐看到了我脸上的惊讶，笑着说："十几年前，我也被震住过，当时我来到这旅游，看到一个当地的孩子手里拿着一个风铃，当时就觉得好喜欢，于是找到了这个师傅，这是他们家祖传下来的技艺，但是到他这代已经快要失传了，因为没有年轻人想要继承衣钵。所以，后来我又回到了这里，开了这么一家风铃店。虽然没赚到什么钱，但是我觉得自己挺满足的。"

  听完这些风铃的故事，再看这满屋的风铃，心里除了欢喜之外又有了不一样的感受。最后我挑了一个样子很普通，模样方正的风铃，因为这是风铃留在我脑海中的最初印象。我想象把它挂在窗前，风拂过风铃的声音那一定是十分悦耳的。

  回杭后，看到风铃我经常会想起那个素未谋面的老人和人淡如菊的店主，老人是美的创造者，店主是美的传递者，他们在茫茫的世界里因为一个小小的风铃相遇，在凡俗的生活中独守着一缕精神的馨香，在秋日的雨夜，听闻铜铃传来轻轻的叮叮声，我也收获了一份生命中的自在与感动。

老梨树的春天

女儿啃着我从水果店买来的梨,皱着眉头说:"好酸!"我接过去一尝,果然有点酸。我感叹地说道:"要是老家的那棵老梨树还在就好了,那棵树结出来的梨可真是好吃啊!"女儿一听瞪大了眼睛,惊喜地问道:"妈妈,我们家还有梨树呀?""是啊!老家以前种着一棵梨树,春天的时候,就会开出满树的梨花,雪白雪白的,风吹过梨花就像下雪一样飘落,美极了……"我向女儿描绘着老家门前那棵梨树的样子。

"哇!我喜欢下雪!我喜欢梨树。"女儿兴奋地大喊着。我看着欢快蹦跶的女儿,仿佛看到了当初种在老屋旁那棵梨树下的自己。

母亲的家门前有一棵梨树,从她记事起这棵梨树就一直站立在那里兀自生长着。春天,门前的梨花就开始绽放,一朵赶着一朵,一簇挤着另一簇,一团团耀眼的白给老屋平添了一分素雅的美。淡雅的清香随着轻柔的风,穿过青石板铺成的路,轻抚过长满野草的墙头,最后落到了午后懒洋洋的院子里正专心缝着纽扣的母亲身上。

因为外婆去世得早,母亲作为家中的独女,自然也就挑起了家中这些细碎的活。除了上学，她就经常坐在这棵梨树下缝缝补补，干活干累了，望着满树的梨花发会呆，一身的疲惫就会烟消云散。

这棵梨树简直就是母亲的宝贝，春可赏花，夏可遮荫，秋可吃梨，所以母亲对这棵梨树也是呵护有加。浇水施肥，帮着外公修剪枝叶，还要防止那些馋嘴的鸟儿来偷食，要知道在粮食紧缺的年代里，这些梨可是既能饱腹又美味的极品美食呢。

外公是个慷慨之人，到了果子挂满枝头的时节，他便会装上满满一袋子的梨让母亲送给左右的相邻品尝。母亲一开始很不理解，总是不太愿意去，觉得自家的日子都过得紧巴巴的，还把这么好的东西送人，是不是太穷大方了。

外公也不恼，和母亲说了一个故事。外公年少的时候家里很穷，到一户人家去做长工。那户人家的人看不起他，对他非常刻薄，经常百般刁难他。后来，外公便离开了他家。靠着自己的双手勤劳耕作，家里到的粮仓也眼见着越来越满，有一天外公正在家里吃着饭呢，那个曾经雇用他的人走了进来，手里拿着个空碗，半天不作声。

外公一看那个空碗，心里便猜出了那人前来的用意。二话不说，起身就去米桶里量了一大斗的白米倒进了他的碗里。那人当时的眼泪都快掉下来了，对外公说："锅里的水都烧开了，就等着米下锅呢！"外公摆摆手，让他赶快回家拿米下锅吧。

母亲听了这个故事后，生气地说："这人良心这么坏，干嘛要借米给他！"外公缓缓地说道："越是这种曾经刻薄过你的人，你越要以善意去对待他，让他自己醒悟过来，这个年头，大家过得都不容易，互相帮衬着，日子才能过下去啊！"母亲听完后沉默了，拿着袋子就出门给大家送梨去了。那一刻在母亲的眼里，外公虽然是个不识字的文盲，但他懂的很多道理比那些读过许多书的人都要多！

后来母亲离开了老屋，有了自己的小家庭。但她心里还一直惦念着这棵老梨树。一有时间，她就带着我回到老家小住几日，这也是我最开心的日子。在我的童年记忆里，这棵树枝繁叶茂，我最喜欢在夏日的夜晚，待在老梨树下乘凉，有了老梨树的遮蔽，夏日也变得不那么难挨。

梨树的叶子轻盈地在枝头摆动，发出窸窣的声响，像是对着我低语，我倚靠在母亲的身上，听着大人们的闲聊，不知不觉就跌入了一个充满了梨花香的白色梦境里。

这棵梨树带给了我童年无限的快乐，站在梨树下仿佛依稀还能听到我和小伙伴们一起玩耍时的欢声笑语。每年的秋天，我们还能尝到它结下的甜蜜果子。

直到有一个秋天，它没有如期出现。我诧异地跑去问母亲，今年大外公怎么还没送梨来？母亲叹了一口气答道，梨树被砍了！我像是被一道闪电劈中，老半天才冒出一句为什么？

母亲说村里要修路，老梨树挡了道，为了大局考虑，只能牺牲老梨树了。说完后母亲的眼睛红红的，我的心里也百般不是滋味。在这个秋天，老梨树的时代终结了，这棵曾给母亲和我给我带来过无尽美好的老梨树，我想也许正是有了这棵梨树的陪伴，母亲的孩童时代才变得不那么的苦闷，老梨树不再只是一棵树，它上面刻满了母亲和我的美好回忆。

没有老梨树的老屋像一个孤寡老人孤零零地站在往事的风中，等待着一个没有归期的梦。又是一年的春天，河边新种下的一棵梨树枝头上抽出了嫩绿的新芽，梨花白雪香的日子亦不远矣，我心里盘算着什么时候也该带女儿回老屋走走了。

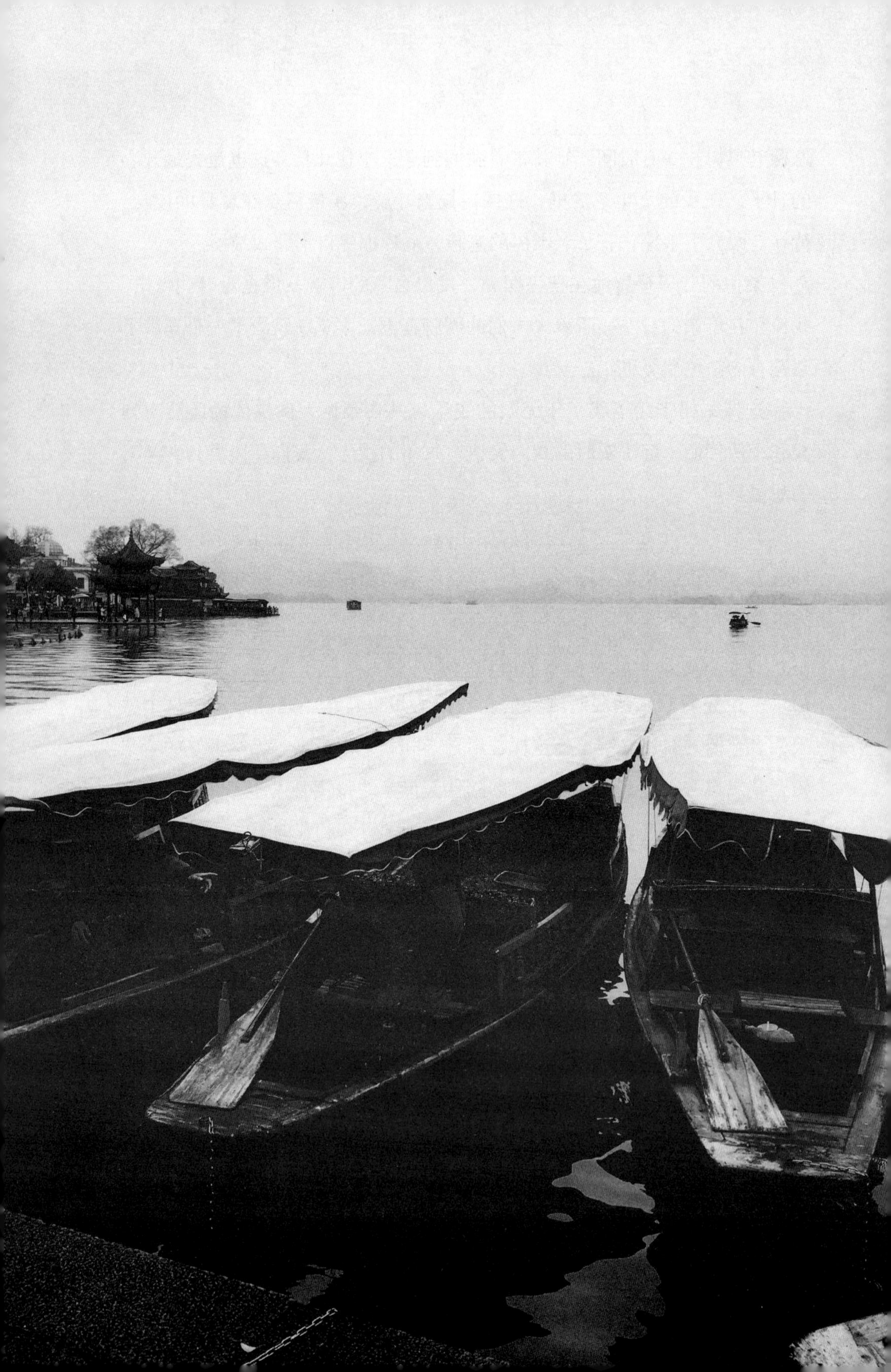

阳春瑞雪兆丰年

　　一场大雪的到来将整座城市的人们骨子里隐藏着的浪漫因子都发掘了出来。今年的雪比往年来得更早一些，初见天气预报上的雪花图案时，朋友圈里便已经炸开了锅。等雪如约而至，纷纷洒洒地飘落在秀美的西子湖畔时，身边的人更是兴奋得像过节般，脸上都呈现着欢喜的神色。

　　雪对于在冰天雪地里生活着的北方人来说是司空见惯的，读书时，来自北方的一些同学对于我们这群南方人一到下雪天就开始大呼小叫的幼稚行为是嗤之以鼻的，觉得只是下个雪而已嘛，更何况南方的雪还下得如此的含蓄，这些人真是没见过世面！殊不知，雪对于南方人来讲，是一种耐人寻味的执着，更是一个可以暂离凡尘喧嚣飘逸的梦。

　　头顶上的天空有预兆地阴郁着，提醒着人们雪随时都会到来。透过偌大的落地窗户，窗外没有一丝风，一切都在安静地等待着。等到第一片雪花终于打破娇羞，从某个角落里飘落下来，像飞扬的柳絮在空中旋转嬉戏，落到了一片娇艳的血色枫叶上，还未来得及作稍许的停留，便已遁迹而去。

这片雪花就像是一个通往雪之秘境的神秘开关，打开后，漫天的雪片便纷至沓来，它们密集地洒落下来，以最优雅的姿态敲打着地面的所有物体。只见枝头那几片仅剩的枯叶也被打落了下来，被雪温柔地铺上了一层白衣。渐渐地，整片大地像被打上了一层柔光，污秽被掩盖在这片绵白之下，仿佛一切的黑暗都不曾存在过那般，在这片皑皑白雪之下，所有的不尽如人意都可以被原谅。

雪淅淅索索地下了一天，雪夜里显得清冷极了！听着窗外的沙沙声，空气中的味道显得分外地萧凉。躲在被窝里辗转难眠，突然心中涌起一阵悸动，一个有些疯狂的想法跳了出来。"出去玩雪吧！"这个念头自升起后，便按捺不住了。身体里的每个毛孔都在雀跃地叫嚣着我要去玩雪。于是，在凌晨一点半发信息给好友，邀约她一同去赏雪。

两个人，凌晨时分在寒冷的雪夜里，在空无一人的街上碰头，思忖片刻，便有了赏雪的最佳地点——可以看到整座县城的一处山顶。二话不说，一脚油门直奔山里。车辆在幽静狭窄的山路盘旋而上，车窗外不停地掠过树影，眼角余光所及之处尽是一片耀眼的白光。

车到山顶，关掉引擎。耳畔萦绕着细小的沙沙声，你甚至可以捕捉到雪花飘落下来时的行动轨迹。停驻在那里，感受这山野间的雪夜，心间隐匿的豪气便与这狂野的气质消融于这片皑皑的白雪之间。

此刻的山是幽灵般的存在，被雪覆盖着的山体轮廓在黑暗中发着有些泛蓝的白色。待你的眼睛已经完全适应了黑暗时，这片连绵的白反倒显得有些刺眼了，而你正处于这片亮色之中。那一边，一声清脆的噼啪声响起。原来是树枝不堪重负，被积雪压弯了腰。不断地有积雪从枝头上滑落下来，发出了噗噗的回响，像是有一个调皮的巨人挥舞着双手，摇动着这山间的树枝。偶尔有几声异响，疑似和我们一样晚睡的鸟儿扑腾翅膀发出的声音，这些声响给这寂静的夜里带来了一丝的灵动与活泼。

站在山顶往山下的城区望去，那里仿佛又是另一个世界。即便已是深夜，那里还依然灯火通明。依稀可见的昏黄路灯像一条火龙向整座城市伸展。雪花和星星点点的光交织成一条斑斓的彩带，将夜色烘托出了一片祥和与阒然。

  雪天里不打一场雪仗显然是不够完美的，也不知道是谁先起的头，一场混战便发生了。在地上捞起一坨雪，团成一个雪球，重重地向对方掷去，雪球化成无数片雪沫子，落在了眉毛，眼睛，身上，甚至还有些顽皮地钻进了我们的衣领里，冰凉的触感让人为之一震。一片混战后，洒落了一地的欢笑声。从嘴里呼出白腾腾的热气，随着笑声飘向了夜空，快乐贯穿了整个寒冷的雪夜。

  在我的记忆里，雪是快乐联结在一起的。在别人的眼里，它可能又是另一番别样的滋味。在唐代诗人柳宗元的眼里，雪是"孤舟蓑笠翁，独钓寒江雪"这种隐居山水间的孤傲意境，在白居易眼里，雪是"晚来天欲雪，能饮一杯无"的闲情与畅快，在木心的诗里，它便是一种等待后的落寞，是哀怨的情思。"你再不来，我就要下雪了！"

  她像一个少女，带着婀娜的身段，款款而来。在她的身上牵萦拨绕着古今中外多少文豪墨客的心田，释放了多少浪漫主义情怀。亦不知道是这美轮美奂的雪景成就了这些美诗，还是诗谱写了雪的超尘姿态。不论如何，雪装点了寒冷的冬季，让冬生出了盎然的诗意，也给春带来了新的生机，就让那份冰雪消融后的怅然在阳春中随喜赞叹……

相逢是一首动听的歌

  在温州工作的一段日子，我在单位的附近租了一个小单间。房租很便宜，每个月四百块，水电另算。那是一幢沿街五层楼高的自建房，每当有大货车经过时，我同这幢房子就要一起经历一次小地震，第一次遇到这种情况时，我以为房子快倒了，差点就要夺门而出。
  对面住的一对打工的夫妻俩倒是神情淡定得很，面对这巨大的声响和晃动无动于衷，照样忙着洗洗涮涮。事实证明人对环境是有很强大的适应能力的，既然改变不了环境，那只好改变自己。一个星期后，我就完全适应了这种噪音。每次身上被震得酥酥麻麻时，我就把它当作是一次免费SPA。
  房东是温州人，与我父母年纪相仿。房东阿姨是一个家庭主妇，烫着一个方便面头，身体有些圆润，人特别勤快，每次回去见她不是在搞卫生，就是在厨房忙碌。她老公正好是她的反面，整个人很瘦小，两条浓眉特别醒目，对衣着也不太讲究。
  在一次与房东阿姨的聊天中得知，她老公是一名水电工，每天早出晚归的，基本上碰不到他的人。阿姨还有一个正在读高中的儿子，平时都住校，只有周末会回家住。

在温州的日子，基本上两点一线，每天下了班后就窝在这间几平方米的房间里看书追剧，过着真正的蜗居生活，在一方小小的天地里倒也悠然自得。和房东一家也是保持着一种礼貌性的友好，与他们真正开始有交集的是有一天我下班回家，照例打包了一份单位门口小吃店里炒的粉干准备拿回房间吃。

在楼梯口碰到了房东阿姨，和她打了一个招呼就准备上楼了。结果她突然把我拉住了，用温普话说道："你不要吃外卖了，今天阿姨烧了好吃的红烧肉，一起吃吧！"我本想要拒绝，可看到阿姨一脸的诚恳，也可能是红烧肉的诱惑太大了，我便高兴地答应了。

阿姨的厨艺很好，各种好吃的菜摆了满满一桌。对着一桌子的美味佳肴，几乎天天吃外卖的我吃得狼吞虎咽，也丝毫顾不上淑女的形象。阿姨一直忙着给我夹菜，沉默寡言的叔叔也在一旁笑眯眯地说："多吃点！不要客气！就当作是自己家。"

吃完还有饭后水果，这过的是什么神仙生活！恍惚间，我又觉得自己变成了在家啥也不用干的小公主。吃着水果，坐着和阿姨闲聊。她看着我说："你以后晚饭就在我家吃吧！反正也就多加一双筷子，你整天在外面吃不好。"

我求之不得地答应了下来，从此我就再也不用吃外卖了，每天下班都有一口现成的热菜热饭吃。一个暴雨天，我坐大巴车从杭州回来，狂风暴雨把我淋成了一片瑟瑟发抖的叶子。

一回到住处，阿姨看到我这副狼狈样赶紧让我去冲了个热水澡。我正在房间里吹着头发，听到阿姨在敲门，打开一看，阿姨端了一碗热气腾腾的姜打蛋站在门口，对我说："趁热吃，去去寒，千万别感冒了呀！"

我接过碗，谢过阿姨，赶紧关上了门。因为不想让她看到我差点滴落下来的泪。在温州开始那段时间里,其实我陷入了一种孤独里。对不确定的未来充满了迷惘,我就像一瓶跑了气的碳酸饮料,失去了它原本的活力,变成一摊毫无价值的黏腻物质。

与阿姨一家的相处,让我体会到了人与人之间的信任与温暖。这份情意像这碗热乎乎的姜打蛋一样,祛除了身体的寒意,让敏感的内心又充满了热量。春去秋来,我们就这样在世俗的点滴中汲取丝丝的暖意,在心头悄然声息地发出了绿色的新芽。后来,由于工作原因我离开了温州,与阿姨也渐渐地失去了联系。

所有的生活片段都不会是一段留白,一段段的时光里填满了许多鲜活的人物,生动的细节,无论你那时的心境如何,总会有一些人和一些事像洁白的栀子花绽放着清香,给你枯燥无味的生活里带去一丝馨香。

很想带去一句久违的问候,可距离和琐事却阻隔了这一句简单的话,叙旧之行也最终未能实现。虽然我们许久没有收到对方的消息,但我始终相信我们终将会有重逢的一天,送上那句迟到的感谢!

一支钢笔

一个午后，我独享着从窗外斜射进来的这片阳光，顺手拿出了一本钢笔字帖，想练一练许久未写的字。我屏气凝神，认真地临摹着字帖上的字，手里握着的这支钢笔已陪伴了我十多年，它像一个历经沧桑的绅士，穿着笔挺的黑色礼服，打着金色的领带，束着金色的腰带，平日里我使用它的机会其实很少，所以除了银色笔尖上方的位置有一道很深的疤外，如果不细看的话和新笔看起来差不多。这道疤是它的主人在一次不小心把它掉在地上后留下的印记，虽然笔还能用，但也留下了偶尔出水不畅的后遗症。

这支钢笔平时风度翩翩，沉默不语，只有在喝了一肚子的墨水后，才源源不断地开始抒发起自己的情感来。我握着笔，写得越来越畅快，钢笔也十分配合地在白纸上留下了一个个苍劲有力的字体，正写得投入，突然地，透过闪着银光的笔尖，在这片炫目的光影中或虚或实地闪过一个瘦弱苍老的影子。

往事不可避免地顺着笔杆爬了上来，让我的思绪飘向遥远的过去。

与陈老的相识缘于一个学长。有一天正好跟学长在商量校艺术节排练的事，谈到一半，他看了看手表说他和一位老教授约好了等会见，时间有点来不及了，就让我和他一起去，可以边走边聊，我只能跟着去了。

关于这个老教授，学长并未多说什么，只是说他毕业于人民大学，学识渊博，是60年代的大学生，老教授为人寡淡，平时不怎么和外界交流，现在住在学校教工宿舍里，学长空闲的时候就会去陪他说说话。

到了教师宿舍楼，学长敲了敲门，门打开了。一个长着稀疏白发的脑门露了出来，想必这就是教授本尊了。个子很瘦小，虽年事已高，但精气神很好。他穿着一件白色汗背心，一条亚麻短裤，踢踏着一双澡堂子样式的蓝色拖鞋。他见到学长先是一咧嘴，满脸的皱纹都堆在了一起，又见旁边站着的我，赶紧把我们迎进门，一边自顾自地进了屋。屋内传出招呼我们坐的声音，不一会儿工夫，他便穿戴整齐地重新出现在我们的面前。还是一身素雅的颜色，只是汗背心换成了短袖，短裤变成了长裤，蓝色拖鞋也被嫌弃地扔在一旁，取而代之的是一双平时难得一见的黑色布鞋。

"小刘，你可好久没来了咯！"老头子带着一口温软的吴语腔调，亲切地对着学长说道，语气中有一丝丝轻微的埋怨。

"我这不是来看您了吗？"学长不好意思地挠着头。看到教授打量着我，学长赶紧说道："对了！给您介绍一下，这位是我的学妹，文学社的，也是我的老乡。"

教授听到我也喜欢文学，两条发白的眉毛不禁上扬了一下，更加热情地和我交流了起来。问我平时都喜欢看些什么书，都写了哪些作品。我都一一做了回复。

当时我是抱着一种仰望的姿态去学习的，这个午后我们三个人从马尔克斯的《百年孤独》谈到威尔逊为代表的理想主义，从现代艺术聊到古典诗词，一个博学的退休老教授，一个初出茅庐对文学仅有满腔热爱的小丫头，通过文学这条无形的线，两者之间的距离一下被拉得很近，老教授可能许久没有人陪他说过那么多话了，摆出一副倾囊相授的架势，末了，高兴地说你们以后就叫我老陈吧！别叫什么教授，太见外了！我们立马改了口，定下了规矩，以后就叫他陈老了。

临走的时候，从满满的书架上抽出几本书来递给我说："你拿回去看看，这些书对培养你文字的美感很有帮助。不急着还，要认真地看，看完后再和我谈谈读后感。"我接过书，其中有本是让我最头痛的文言文，我平时酷爱小说，虽然有在修现代汉语文学这门课，但是对这生涩难嚼的文言文，脑子里尽是有万般的不情愿，但碍于面子，表面上还是欢天喜地地谢别了。

收下书后，我便把这事抛在了九霄云外。转眼几个月过去了，那几本书还安静地在我铺位旁边的柜子里躺着，我也丝毫没有想起它们的迹象。一个周末，我正躺在寝室里呼呼睡着大觉，室友突然拍醒了我，"醒醒！有人来找你了。"我睁开眼，有些烦躁地问道："谁啊？大周末的扰人清梦。""一个老头子。"室友也觉得很疑惑，居然有个陌生老头找上门来。

老头子？我脑海中浮现出了那个瘦弱的影子，同时也想起了那被我遗忘的那本书。哎呀！不好，陈老定是来找我要书的，那么久过去了，那些书我是一页未翻，他要是问起我读后感，我可怎么说呀！亡羊补牢为时已晚，我这边正进行着复杂的心理活动呢，门却已再次被敲响了。

管他呢！反正他也只是个退休的老师，没有掌管我的生杀大权，等会我就如实说好了。我快速地穿好衣服，给老头子开了门。

"不好意思，打扰你们了啊！"陈老似乎对打断了我的美梦感到十分抱歉。"没事，没事。陈老快请进来坐吧！其他本地室友都回家了，就剩我和另外一个外地的留守。"

"你书看完了吗？"陈老问道。果然该来的还是来了。我把心一横，说道："我最近功课和学校的事太忙了，您上次给的书我还没来得及看。"

陈老的脸上微微地浮现出了一丝失望的神情，我有些心虚，转身去给他倒了杯水。

他喝了一口水，便从衣服口袋里掏出一个黑色的长条盒子说："这是别人送我的，我现在很少写字了，你们学生要多学习多写字。书不急着还，等看完了再给我，但是一定要认真地去看，看不懂可以问。我先回去了。"他说完便把盒子递给我便起身离开了。

我有些愕然，拿着手上的盒子，呆呆地目送着他的背影，羞愧的心情顺着我的心蔓延到了两颊，只觉得脸上烧得慌。

一个仅有一面之缘的老人气喘吁吁地爬了六层楼的台阶，只是为了把这支钢笔送给我，然后再听听我的读书心得。只是因为我们上次的一番谈话，让他觉得我是一位对文学有着一颗热忱之心的孩子，他抱着惜才的心理有心引导，可我却找借口偷懒，伤害了一位老人的心。想到这里，我便觉得羞愧不安。像是为了弥补自己的过错，我找到那些书，坐在书桌前，认认真真地开始翻看了起来。

又过了几个星期，我终于把书全部看完了。那天我兴冲冲地抱着书，以及自己密密麻麻写下的读书笔记，赶到教工宿舍想和陈老分享一下我这么久以来的心得。敲了半天门，却一直没人来开门。陈老不在家，难道出门了？我有些失望，但也没太在意，心想着下次再来吧！

后来接连地去宿舍找了两次，依然是铁将军把门。有次在食堂碰到学长，我特意跑去问他陈老的事，学长说："陈老啊，他前不久生病就被他儿子接回家去了，应该不会再回学校了。"

"啊？"学长的一番话像一记闷雷，打得我措手不及。"那我借他的几本书还没来得及还他呢！"我讪讪地说着。

"陈老说送你了，上次他搬家前我和他去道别，他也送了我很多书，你哪天有空可以过来再拿几本回去。"学长说道。

回宿舍的路上，我的心里空落落的，只觉得某种珍贵的东西被我给弄丢了。那是我第一次切实地品尝到遗憾的苦涩。

  时光不语,岁月清朗。在无垠的时间里,我们可能会有许多的遇见,许多善意似春风拂面,给予我们心灵的慰藉,许多人像天空中飘浮的云朵,在不经意间飘落下来,来到你的身边,留下一片轻盈灵动,然后又没有任何预兆地离开,甚至没有一句告别,只有那些洁白柔软的回忆继续伴着你前行。

风信子

  今年杭州的冬天似乎被雨水承包了，一连半个多月的阴雨绵绵让人们的心都开始长起了毛。到处都是湿漉漉的，连人们的脸上似乎也被蒙上了一层薄薄的雾气。我结束了一天忙碌的工作回到家中，不经意间抬头一瞥，看到窗台一角居然有一抹明媚的紫色将背后那片灰蒙蒙的天空都点亮了。

  我惊奇地跑了过去，饶有兴致地打量起了这株本该在春天开花的植物。眼前的这个长得有点像水仙一样的植物，有一个富有浪漫色彩的名字——风信子。刚听到这个名字的时候，我觉得取名的人一定是个诗人吧！风信子一般在春意盎然的三四月开花，它的绽放送来了春的讯息，也预示着春天的到来。所以我一厢情愿地把它认定为春的使者。

  第一次与它结缘，是因为单位的一个嗜好花草的忘年交同事老郑。那天，他突然从包里掏出了一个紫色的洋葱，神秘兮兮地递给我说："喏，这个送你。"

  "这什么啊？洋葱？不要！我最讨厌吃洋葱了！"我的脸上写着满满

的拒绝。

"这个不是洋葱，它叫风信子。"老郑一脸没文化真可怕的表情。"风信子……"这个名字勾起了我的一颗少女心。

"它的名字和样子也太不配了吧！这哪里像花，太丑了！"我看着手里的这颗有些瘪下去的紫色洋葱，嫌弃道。

"你别看它现在这个样子，开的花可是很好看呢。你看这个皮的颜色是紫色的，它开的可能就是紫色的花。"老郑说道。

"可是我是花草终结者。"我有些犹豫，虽然一直有一颗爱花的心，但经过我手下惨死的花草不计其数，甚至连仙人掌也惨遭过我的毒手，难逃死亡的厄运。

"放心！我懂你的，这个绝对不会被你养死。只要把它放到水里，隔段时间换水就可以了。"老郑笑道。我半信半疑地收下了这个洋葱。

回到家后，我把它养在一个葫芦形状的透明玻璃瓶里，装上水后就不管它了。偶尔想起来，才给它换个水。这个有点丑陋的小东西一直安静地待在角落里。它似乎感知到了主人对它的冷落，憋足了劲地长，以证明它的存在。

没多久，从那个洋葱头里裂开了一道小缝隙，一片娇嫩的绿色叶芽从里面钻了出来。这一长便一发不可收拾，第二片，第三片……它看上去终于不像个洋葱了。

它们越长越开心，一副不证明身誓不罢休的长势。几天后，从叶子的缝隙里漏出了一点小小的紫色，这一点紫色越变越大，渐渐地从几片叶子里妖娆地升起了一根紫色"麦穗"。我从未见过可以开得如此热闹的花，一根小小的花柱上密密麻麻地挂满了几十朵淡紫色的花苞。每朵花苞像一个正在沉睡中的少女，正做着紫色的梦。

阳光温柔的落在她们的脸上，她们打着哈欠醒来了，一朵两朵，成片的花苞都打开了。她们簇拥在一起打着卷，吐起了芳香，像是一群少女诉说着心事。一股淡淡的清香填满了整个房间。花朵鲜艳地盛开着，看上去美极了！我贪婪地吸着鼻子，闻着沁人心脾的花香，心想，怎么这么不起眼的一颗洋葱居然开出了这么美的花！

　　风信子的花语是燃烧生命之火，享受幸福人生。细想一下，我们的人生何尝不是如此，生命的美妙之处在于它燃烧的过程，每一次经历，每一个不可预知的未来，都让我们的人生像这一簇繁花一样生机勃勃，即便是再不起眼，遭受着冷遇，只要坚持生长，也终究会绽放出属于自己的那朵最绚丽的生命之花。

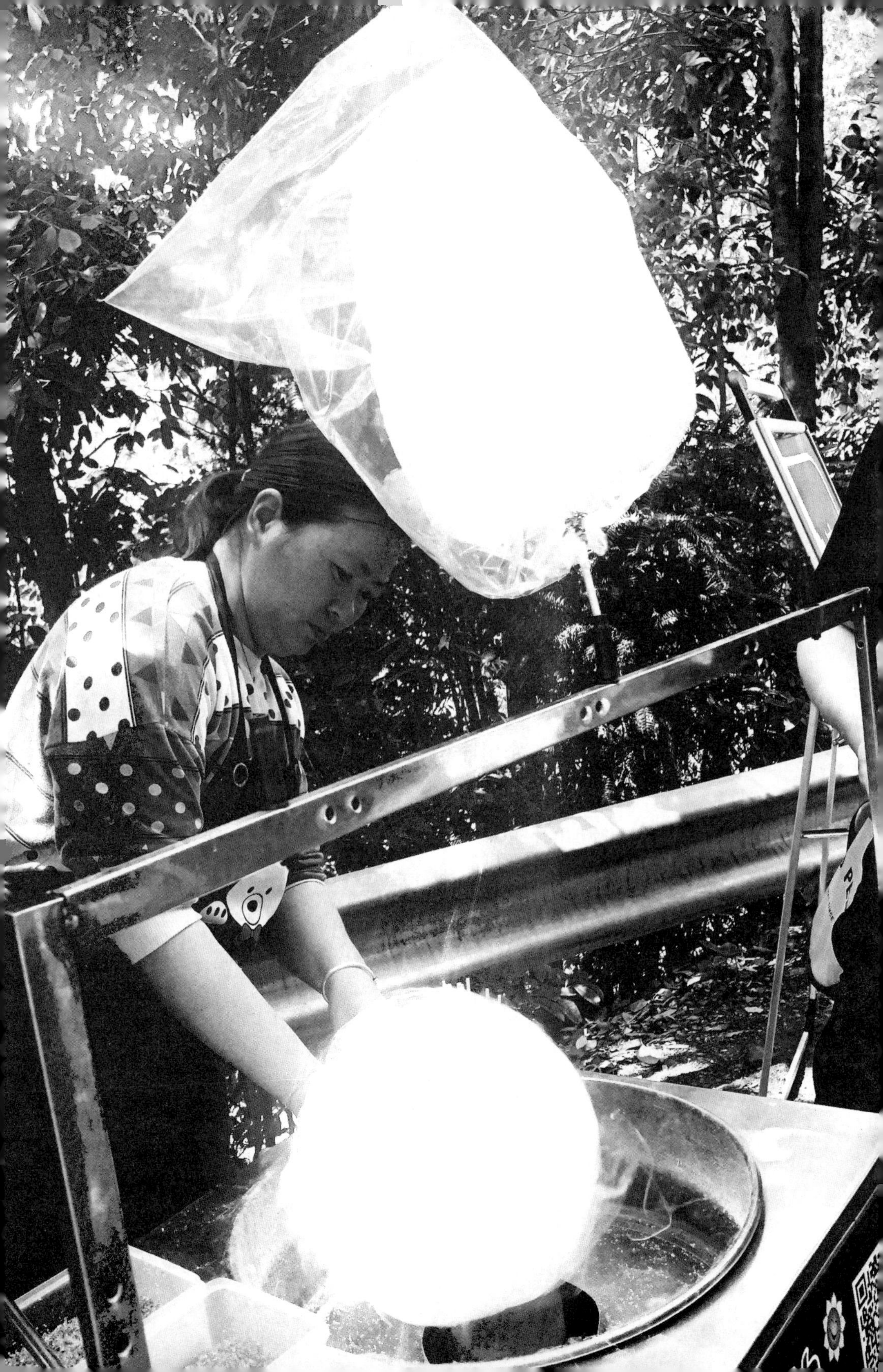

街头手艺人

下班的路上，我匆匆走出地铁站，一个穿着朴素的老人坐在不远处，正专心地忙着什么。我不禁停下了脚步，想看个究竟。只见他的脚边放着一把棕榈叶，面前支着一个用竹子做成的架子，架子上挂着几只编好了的蚂蚱，麻雀，随着风轻轻地摇晃跳跃，像是活过来般。老人又从地上捡起一张叶子，娴熟地编了起来，一张历经沧桑的脸上带着一丝看淡一切的从容。仿佛这人来人往的世界都与他无关，他像一个神奇的魔术师只专注地沉浸在自己的世界里。不一会儿工夫，一只栩栩如生的蚱蜢就编好了。

我忍不住地赞叹道："您这编得好像啊！"老人听到我夸他，把脸转向我，我这才觉得他的眼睛有些不太对劲。耷拉的眼皮下透着死灰般的颜色，像熄灭了的灯泡失去了原有的生机。明知道他看不见，我还是收住了诧异的目光。他有些不好意思地摆摆手说道："老了，现在手脚不太利索了。"

"大爷，您这一个卖多少钱啊？"我问道。

"30。"他答道。

"我要一个。"我买了一只蚂蚱,准备带回去给女儿玩,现在有这种手艺的人是不多了。

"谢谢!"我是老人今天唯一开张的一笔生意,他开心地要多送我一个他做的小灯笼。我推辞不过,便收了下来。

我和老人攀谈了起来。"大爷,您这生意怎么样啊?"我问道。

"不太好,现在的人都不喜欢这些老玩意儿了。"老人的神色有点黯然。

"您这么大年纪了还出来卖这个,您的孩子呢?"我问道。

"他们都忙,我在家也没事,就出来找点事干。"老人叹了一口气道。

和老人聊天得知,他原来在老家是做木雕的,老天爷赏饭吃,他从十几岁开始就有着有别于其他人的悟性,只要他看过一遍图样,就能一丝不差地照着画下来。

靠着非凡的天赋和勤恳,他做这一行做了 50 年。如果不是前年的一场眼疾导致眼睛失明,他可能还继续在从事着这个老本行。

"你看,我现在只能编点这些小玩意儿。"老人的语气里透着一股淡淡的自嘲。

"大爷,你能教教我吗?"我突然萌发出了这个念头。

老人愣了一下,马上开心地说道:"可以啊!你想学的话我就教你。"

"你看,先要从中间这里划开,注意不要划到底……"老人拿起一片叶子,耐心地教了起来。

我跟着他的做法一步步地编了起来,看起来很简单但实际操作却没那么容易,不是编得太松了,就是叶子不小心被扯破了,磕磕绊绊的,我人生的第一只蚂蚱艺术品便从我的手中诞生了。我开心地大喊,大爷也开心地笑了。

"大爷,我们一起合个影吧!纪念一下我跟你学会的第一只蚂蚱。"我提出了请求。

老人有些不好意思地说："我那么难看，就别拍了吧！"

"不难看，您精神着呢！"我拿出相机，帮他调整了一下姿势，按下了快门。

大爷坐着那些编织品前，脸上露出了灿烂的笑容。他背后围墙的蔷薇盛情地怒放着。我看着这个被定格的瞬间，突然就被感动了。

生活就像一面镜子，我们对它报以微笑，它也会以同样的灿烂去回报我们。有时我们的生活里不仅有美丽的鲜花，也有荆棘丛生的荒野，不悲不喜找到我自轻盈我自香的随性的生活，这也许就是一种理想的人生态度吧！

戳出来的小世界

初识羊毛毡戳戳乐是在一个夏日的午后，午休时间看到一个同事正低着头乐此不疲地在捣鼓一个什么东西，我凑过头去一看，只见她拿着一枚针在一团毛球上不停地戳着。那团毛绒绒的线团在针的驱动下不停地改变着自己的形状，从蓬松到紧实，不一会儿，一个圆滚滚的呆萌猫头便成型了。

我在一旁看得惊呆了，好奇地问道："这是什么呀？也太有趣了吧！"正在专心戳毛团的同事被我突如其来的声音吓了一跳，险些戳到了手指。她瞪了我一眼，继续戳着，嘴里飘出了一句："这是羊毛毡戳戳乐呀！最近大火的解压神器。"

"羊毛毡戳戳乐？听起来好有趣！我也要试试。"说完我就赶紧上某宝去淘了一个。

没几天东西到了，我兴冲冲地打开快递，拿出材料包，已经脑补出在我手下诞生的一只只呆萌小可爱们的样子了。但紧接着现实就马上给我出了一个难题，材料包里光针就有好几枚，粗的细的大小不一，到底先要用哪根呢？我也就不夜郎自大了，还是乖乖地看起了说明书和视频教程。

终于看完了教程，我学着视频中的样子，先取出一点毛团将它们卷起来，然后拿起了针戳了下去，但戳着戳着总是不得要领，觉得每一针下去都费了我的九牛二虎之力，一边要防止扎到自己的手，一边还要注意它的形状。不一会儿，我的手心便全湿了。

在我眼里原本以为这是很简单的一件事，怎么到了手上却根本就不是这么回事。戳着戳着我便失去了耐心，觉得自己这个手残党可能没有做手工的这个天赋吧！

同事正好走了过来，看我这么费力地对付着眼前的这个毛团，不禁笑了起来，调侃我说："认真的女人最可爱！"

"可爱不起来了，眼睛都快戳瞎了，手也被针扎了，你看看！都是我自讨苦吃啊！"我朝她无奈地挥了挥手。

"你这样戳太累了！人家戳这个是解压的，怎么到你这儿反而还焦虑了起来？你这个针戳下去的时候不需要太用力，要放松一点，就把它当作一个出气筒，只要把握它的大方向就可以了。"同事和我说道。

听了她的话后，我这才认识到了问题的关键所在。我说我怎么越戳越累呢，原来都在于我一心只想戳出像样的作品来，这个念头反而成了拖累我进度的一个很重的包袱。

正如运动心理学家约翰·艾略特在他的《超越成功》一书中所说的：没有什么比它更阻碍取得成功所必需的专注，它就是过于担心结果。抛开了这个思想包袱以后，我渐渐地喜欢上了这项手作活动，戳得也越来越得心应手了，没多久，一个虎头虎脑的小柴犬便诞生了，这是我的第一个戳戳乐作品，虽然不是很完美，但它是我一针一针戳出来的成果，也让我获得了满满的成就感。

我们在生活中常常会经历许多事情，有时候我们对成功，对事物产生的结果都抱着太多的执念，往往让自己处于一种无形的压力中，但其实我们来到这个世界上就是一场未知的旅行，成功与失败都只是一次体验，太注重结果而错失了路途的风景，这才是最大的悲哀。而享受每件事的过程，沉浸在体验的快乐之中，这才是我们拥有的生命中最大一笔财富。

佳燕有归期

早上我正坐在客厅沙发上喝茶，突然听见窗户外传来一阵叽叽喳喳的叫声，我循声而去，结果意外发现了空调外机旁不知道什么时候多了一个用树枝垒成的鸟窝，鸟窝里有三只雏鸟正撕心裂肺地喊叫着。我心想着鸟妈妈可能觅食去了，这鸟可真会找地方，天气冷了，把鸟窝筑在空调外机旁除了吵点还是挺暖和的。

正看几只小鸟看得出神呢，鸟妈妈觅食回来了。看到我趴着窗离几只小雏鸟很近，鸟妈妈可能以为我想要伤害它的宝宝，生气地飞到离我稍远一点的地方扇动着翅膀。一头黑灰相间的羽毛都气得炸开了，真有点怒发冲冠的感觉。我怕鸟妈妈继续误会下去，一会真的来啄我了，于是识趣地关好了窗户，不敢再去打扰这些小雏鸟们。

我透过窗户暗中观察着鸟妈妈的一举一动，鸟妈妈见我离开了，并没有立马回到窝里，站在一个枝头上警惕地四处察看着。过了几分钟，它确认我已经走了后，才拍拍翅膀，急急忙忙地落到了窝里。那些小雏鸟们已经扑向前去，叫声比刚才更加凄厉。

鸟妈妈把带回来的食物都一个个都送进了鸟宝宝们的嘴里，鸟宝宝们吃完后这才安静了一会儿。喂完吃的，鸟妈妈慈爱地帮鸟宝宝们梳理起了羽毛，真是一幅母慈子爱的景象。

　　看着这其乐融融的景象，我不禁想起了小时候奶奶家的那一窝燕子。燕子一家就住在老房子的屋檐底下，燕子窝呈一个半圆形，泥和草叶均匀地混合在一起，既保暖又舒适。

　　燕子就像是家养的鸟儿，只要它看中的地方说住下便住下了。被挑中的人家不但不恼，反而还觉得高兴得很，觉得这是件非常荣幸的事情。

　　一对小夫妻有一天也不知道从哪里飞来，看上了老屋的这块宝地，就决定在这安家筑巢了。燕子们是天生的建筑师，它们每天飞进飞出，衔新泥，拾草叶，和泥浆，随着它们每天辛勤地劳动，一个温馨的小家悄然声息就建成了。两只燕子在自己辛苦筑成的小窝里开始过上了平淡又幸福的日子。

　　过了一段时间，突然有一天从鸟窝里透出了几个圆溜溜的小脑袋。"燕子做妈妈啦！"我们这些孩子站在燕子窝下面开心地大叫。

　　"嘘！你们可别吓跑了我们的小客人啊！"奶奶对我们摆摆手。

　　从那天以后，放学回家我们这些小孩又多了一件事就是观察小燕子一家的生活。燕子夫妻俩每天都勤奋地在家和路上奔波着，为的就是把辛苦找回来的食物带回来哺喂它们可爱的宝宝们。

　　燕子像个穿着黑色晚礼服的翩翩君子，对它的家人们呵护有加。飞行的动作也特别的优美。最让我们这些孩子感到神奇的是燕子似乎会预知下雨，每次燕子回家时在低空俯行，过不了多久就肯定会下雨。

　　后来我学到了"燕子营巢得所依，衔泥辛苦傍人飞。秋风一夜惊桐叶，不恋雕梁万里归。"这首诗后，对燕子的喜爱更是越发地深了。看着燕子宝宝们把头伸出门洞张大嘴巴等待的模样我觉得可爱极了，经常看得如痴如醉，忘记了吃饭。

燕子宝宝终于学会了飞行，燕子一家也终于要离开了。一天放学回家，我像往常一样站在燕子窝下寻找燕子的身影，窝内却寂静一片，毫无燕子们的踪迹。

"燕子走了！"我难过地哭了。

"它们明年还会再回来的。"奶奶摸摸我的头。

"它们真的还会再回来吗？"我抬头看着奶奶。

"当然会！"奶奶肯定地答道。

我们看着对方都笑了起来。

小黄狗多多

　　一场突如其来的暴雨，让我遇见了在同一个屋檐下躲雨的一只小黄狗。它蜷缩在角落里瑟瑟发抖用一双湿漉漉的眼睛用余光警惕地瞄向我。一身的毛发已被雨水打湿，紧紧地贴在皮肤上看起来委屈巴巴的样子。

　　站了几分钟，雨还丝毫没有要停的意思，我看着这条小黄狗，嘴里发出啧啧声逗它过来。它站起来冲我摇摇尾巴，小心翼翼地靠了过来，我翻开包里拿出早上没吃完的白煮蛋剥了壳扔给它，小黄狗狼吞虎咽地一下就吃了个精光。它一定是饿坏了，吃完蛋后，抬起头眼巴巴地看着我，神情像一个稚嫩的孩童一般。

　　我又逗它玩了一会儿，这只小狗开心地围着我又蹦又跳。雨停了，我准备离开了，可这只小黄狗也跟着我一起走。我停它也停，我走它也走。"小馋狗，我要回家了，你快点回家吧！"我和它说道。它歪着脑袋望着我，可还是步步紧跟。

　　"你是谁家的狗呀？你跟着我走，主人看不见你会担心的。"我并没有任何要带它回家的打算。可它天真地看着我，好像丝毫没有听懂我的话，依旧锲而不舍地跟着我。没办法，我只好掏出纸巾把它身上的水擦了擦，把它装进包里沿途询问这狗的主人是谁。

  问了一圈都没有人知道，问到最后一家小店时，店老板说这是只流浪狗，上个月开始就在附近溜达了。店老板看它可怜，就时不时地喂它点吃的，但是家里已经养了一条狗，所以也没办法再收养它了。

  看着小黄狗可怜巴巴地望着我，好像已经知道了自己将要面对继续流浪的命运，用头亲热地蹭着我的手臂发出奶声奶气的哼哼声。我看着小黄狗，小黄狗也看着我。我突然下了一个冲动的决定，我要收养它。我摸摸它的头说道："我带你回家吧！"小黄狗愉快地汪了一声，好像在回应我。

  就这样，一人一狗开始了未知的同居生活。我给他取名叫多多，我想它在过去流浪的日子里风餐露宿，什么都少，所以我希望在以后的日子里，它能多多快乐，多多幸福。

  我带它去了附近的宠物医院，给它洗了澡剪了毛发现多多原来也是一只小帅狗。刚回来的时候它还保留着流浪时的许多坏习惯，随地大小便，乱咬东西。

  有时看到被咬烂的东西很生气地想骂它，但它永远摆出一副无辜脸让你骂不出口，无奈之下，只能一点一点地去纠正它，多多真是个小机灵鬼。经过一段时间的训练，它终于改正了不良习惯，还学会了很多技能，握手、趴下、恭喜发财……其中卖萌装傻是它的一个强项。

  每天要去上班的时候它已经早早地蹲坐在门口，一副依依不舍的样子送我出门。下班回家它也总是第一时间冲出来迎接我。多多最爱坐着我的电动车出去兜风，一看到我推着电动车出来就自觉地跳上脚踏板的位置乖乖地趴着，我一开动，它就探出自己的小脑袋欣赏起了路上的风景，被风吹得眯起了眼睛，咧着嘴微笑。我想它此刻应该是十分快乐的吧！

  日子一天天地过去，两点一线的生活因为有了多多的存在而变得忙碌和充实，也因为多多，多了一份牵挂与想念，但是我从没有想过意外会像那天的暴雨那样突然地打破这份美好。

那天晚饭后我照常带着多多去散步，它也形影不离地跟着我。突然不知道从哪里冲出了一条大狗，朝我扑来。我惊叫着，本能地往地上一倒，不知道什么时候多多已经冲到我前面和大狗扭打成一团。

论体型多多根本不是那只大狗的对手，但它看到我有危险，还是丝毫没有犹豫地冲上去保护我。多多被大狗咬翻在地上，发出听见一声悲惨的呜咽声。我又惊又怕，急得在旁边的花坛边找到一根木棍子就冲了上去，随着大狗就打了下去。

大狗痛得松了口，夹着尾巴逃走了。我一把抱起奄奄一息的多多，疯一般地往宠物医院跑。医生马上给多多检查伤口，剃了毛我这才注意到多多的全身都是伤，肚子上的一条伤口更是触目惊心，不住地往外淌血，我的眼泪一下就止不住了。多多虽然一副很难受的样子，却没有挣扎，两只眼睛一直盯着我，那眼神似乎在说刚才我很勇敢吧？

医生查看完伤势对我摇摇头说道："伤太重，治不了了。"我拉着医生的袖子，恳求道："医生，求求你无论如何都要救救它！"可是医生还是摇摇头走了。

回去的路上我抱着多多，和它说了很多话。它的状态越来越不好，一直无力地把头耷拉在沙发上，连它平时最爱的鸡条放在它面前都无动于衷。

"多多，你真是条傻狗。你那么小怎么可能打得过它嘛！"我哭道。它伸出舌头舔了舔我，还是那副憨憨的样子。

多多在我怀里安静地躺着，眼睛里的光也越来越黯淡。我不知道它的小脑袋瓜里在想些什么，这段时间和我短暂相处的时间是否快乐，不知道它的狗生里有没有过一些憧憬，我甚至觉得如果我没有把它带回家，它现在还在流浪，它的结局是不是可以更好一些。但是所有的答案我都无法

109

得知了。

　　多多离开了，带着我的不舍与遗憾永远长眠了。以后我再也听不到它熟悉的叫唤声，也再也看不到它热情迎接我回家的身影。我曾以为自己的心早已在俗世的生活里被锤炼得坚硬无比，却没想到这只叫作多多的流浪狗触动了我内心的柔软。它的忠诚勇敢与可爱的模样都深深地刻进了我的心里，无法抹去。

　　树叶黄了又绿，又是一场大雨，日子还是从前的日子，却又像被掰掉了一个角。许多年以后，我依然还会想起那双湿漉漉的眼睛，那只叫作多多的流浪狗。

春雷

中国人的春节，不论在饮食上还是其他的礼节上都极尽热闹之事。大红的灯笼高高悬挂在门前，两旁喜气洋洋的对联上呈现着人们对生活的美好祈愿，走亲访友，一家人团团圆圆地围坐在热气腾腾的饭桌前，就是为一年画上了一个完美的句号。

2020年的春节，这个本该和以往所有的春节一样延续着幸福团圆的日子，却被一个小小的病毒打破了旋律，给这个春节蒙上了一层特殊的白色，让亿万家庭按下了暂停键，一改平日里的走街串巷，纷纷地囤起了食物，躲在家里，做起了名副其实的"地鼠"。

这场灾难性的病毒事件打破了人类作为食物链顶端的自负，让我们领略到了大自然的威力。这是对人类的苛责，也唤起了所有人类对自然的敬畏之心。

一时间，一场疫事让所有的热闹都以冷清收场。璀璨的灯火依然点亮着，只是赏灯的人却不见了踪影。很多人把之前列下的密密麻麻新年愿望清单都一笔划去，只写上了简单的两个字：活着。

在沉寂中开始重新思考人生的意义，鲁迅在《伤逝》里说："人必生活着，爱才有所附丽。"这场以悲剧为开幕的片头，虽然充满了悲伤的旋律，但也让我们看到了许多爱与希望，陈述了一些真相与感动。

　　这段在生命中似乎被延长的时光，许多远久的记忆又依稀被唤起。于灾难面前，人们骨子里的柔软温情显得格外的珍贵。想起了多年前的台风天，屋外狂风骤雨，屋内却时光静软。

　　昏黄的烛光影影绰绰地将我们的影子拉长映在墙上，像是有一台时光机将我们带到了一段远古的光阴里。母亲这时便会拿起毛线，拆拆团团，而我也乐得在一旁打打下手，那时我感觉她的手仿佛有魔力一般，细长的针带着毛线在毛线上跳动着舞蹈，随着她灵巧地一上一下，一个个美丽的图案就诞生了。

　　这一个场景在多年后的今天又重新在记忆中轻轻摇曳，当我困在这座南方小城时，母亲的一句也好，你们能在家多待一段时间了不禁让我泪目，除了刚生完娃那段日子，我已经许久没有这长时间的待在老家，和父母坐在一起喝一杯热酒，好好地聊一聊。

　　家的不远处就是一家医院，每天都能看到闪着蓝光的救护车停在那幢白色建筑物的门口，还有几个全副武装看不见面目的白色天使不时地从里面走出来。他们训练有素的坚定步伐让我们这些在窗口的观望者在恐惧的心底升起了一丝感动和希望。

　　这些不论在什么时代都是值得被尊敬的群体，他们平凡而又伟大，每个人都背负着使命与希望，带着亲人的眼泪与众人的期盼，成为了最美的逆行者。这是一场与无情病毒决斗的惊心路程，每一步都走得异常艰辛。如果说人类都是善于遗忘的，而我们也不该遗忘这些人的名字。

　　天色暗下来，我打开窗户，外面的世界已经变了一个样子。初春的风还有些微凉，路灯冷冷清清地站着，街上连一条好事的狗都没有。目光所及之处，一片寂静。

失去了人类的行踪，一种抽象的不真实感颠覆了思想。不远处的大山露出黑色的轮廓，散发着这座南方山城独特的魅力。我从未像现在这般如此认真地感受过她。

有智者说：没有生活之绝望就不会有生活的爱。而经历了这一场囚禁的绝望后，我相信所有人都会更加地热爱生命，珍惜生活中的爱，重新审视自己生命中的价值，将每一天都当成最后一天来过。

第一声春雷已惊动了大地，门前的玉兰花也吐出了芬芳。我们相信我们所无比期盼的春天已经到来！

老爷子的抗疫年

今年春节我们一家三口回到了温州老家过年,见到了许久未见的外公。外公已经八十七岁高龄了,虽然年事已高,但除了有些耳背外,身体还很硬朗。

西瓜帽下那张古铜色的脸上老是带着微笑,和人说话时总是侧着头,使劲伸长脖子,想听清楚一些。如果还是没听清,他就指着自己的耳朵,摇摇头抱歉地和别人笑笑。

老爷子平日里住在乡下,因为他没事就喜欢串门,乡里乡亲的,随便走到哪里都可以聊上半天,不像城里,大门一关,谁也不认识谁。这次母亲把他从乡下接来过年,他就百般地不情愿,一个是记挂着地里种的那些菜,还有就是觉得城里过年太冷清了,没有年味。母亲和他说我们今年也回来过年,他才恋恋不舍地跟着去了城里。说好了过几天就送他回去,没想到一场病毒却阻断了他回老家的路,这一住就是好久。

新年伊始,新冠肺炎疫情暴发,形势越来越严峻。全城开始戒严,每天都可以听到宣传车在门前徘徊。所有人都窝在家里,不敢出门。这样一来，可把平日里闲不住的老爷子给闷坏了。吃晚饭时，老爷子坐在餐桌前板着脸一言不发，母亲把饭端在他面前他也不吃。

"爸！吃饭了。"母亲趴着他耳朵旁说道。

老爷子扭过头，假装没听到。"大公！吃饭了。"五岁的女儿对着外公喊道。老爷子冲女儿露出了慈爱的微笑，扭头笑容立马凝固，沉默地开始扒拉着碗里的饭。

"妈，外公怎么了？"我问母亲。

"老爷子生气呢。外面不是闹病毒嘛！我不让他出门，他非要出门，没办法，我只能把门给反锁了，他出不去就跟我生气。"母亲无奈地叹了口气。

"爸，不是我们故意不让您出门。您看这病毒实在是太厉害了。您看那医院门口救护车呜啦呜啦的，出去多危险啊！"母亲拿起手机递给外公，说道："您看上面，这些医生包得严严实实，也还有被传染上的。这病毒连眼睛都可以钻进去，特别厉害！"

外公显然被唬住了，脸色也缓和了下来。可还是嘴硬地说："我又不走远，就后面广场走走。"

第二天一早，外公从楼上下来，只见他戴了个口罩把脸包得严严实实的。一见到我就紧张地说："燕儿啊！快戴好口罩。这个病毒不得了，染上了就要被抓走，连家人都见不到。"

外公这是怎么了？昨天还一直嚷嚷着要出门，今天的态度居然来了一百八十度的大转变，看到我一脸的疑惑，母亲扑哧地笑出了声。对我说道："昨天晚上我把小度（智能机器人）里关于新冠肺炎疫情的新闻调出来给你外公看，他自己一个人在房间里看了好久，现在终于知道怕了。"原来如此！我不禁也笑了。

吃饭前外公很认真地洗了手，又督促我们每个人都洗手。五岁的女儿在一旁做监督，这一老一小配合得倒十分默契。

中午母亲想出去买点菜，刚走到门口，就听到头顶上外公的喊声。她抬头一看，原来外公正趴着窗口喊她不要出门呢。他生怕母亲听不见，一边着急地挥着手，一边大喊着："别出门！别出门！"母亲只好打消了出门的念头。

外公现在没事就抱着机器人小度看新闻，关注疫情的最新讯息。一看到传染人数增加了，就愁眉不展，喃喃自语这病毒怎么还在害人哪！

看到有病人治愈出院了，就咧嘴笑。老爷子的脸都快成了疫情趋势走向表了。女儿对大公天天霸占着机器人的这种行为表示很不满，老是要去和大公抢。

老爷子也不懊恼，而是耐心地指着上面的新闻解释给女儿听。"囡囡呀，有人吃蝙蝠，然后就把这个坏病染上了，所以我们不能乱吃东西，吃野生动物。"

"嗯，大公，我们不能吃野生动物。老师说了要保护野生动物。"女儿一本正经地对老爷子说道。老爷子也不知道有没有听清，但好不容易有了个当老师的机会，就拉着娃当起了病毒科普讲解员。

每天看新闻，和娃聊天，研究什么土方法可以防止病毒，日子倒也充实，只是偶尔还会提起回乡下的事，但态度也没那么强硬了。因为他知道什么时候能回去，这也不是我们可以决定得了，还不如安心待着。现在暂时的禁足也是为了能早日回归正常的日子。

吃晚饭的时候，女儿不肯好好吃饭。母亲故意吓唬她："今天病毒又感染了几个人，你还不赶紧好好吃饭！"女儿委屈地说："这病毒又不是我带来的。"惹得大人们哈哈大笑。

一个小小的病毒让这个春节变得特殊了起来，也让我们彼此的心更靠近了，因为我们知道，在无情的病毒面前，唯有爱是无法打败的！

第四辑　四季春秋，凡来尘往

梦里千回南浦溪

　　一直相信在这个世界上人们对于土地是有记忆的，这来自一种天生的亲近感，某时某刻，它会忽然唤起人们内心最敏感的一部分，也许是路边的一块石头抑或是黄昏的午后某处农家升起的一缕炊烟都会突然拨动你的心弦。一种说不清道不明的乡情让你驻足不前，凝泪无语。也许这一场景曾在午夜梦回出现过，南浦溪便是心头氤绕过的一个梦。

　　一块石头，让我想起了南浦溪的那个冬天。一样眩目的暖阳落在了这片由石头建构成的宫殿里，每块石头依旧紧密地联结着。植物被阳光照耀过的气息似乎还停留在鼻尖里，只是倚靠在那扇木门边将青涩的笑脸定格在时光中的少女穿越过了十几个相似的冬天，褪去了稚嫩，多了一份安然和平静。

　　十多年前，朋友小优正迷上了摄影，每天拿着她的那台海鸥傻瓜相机摆弄个不停。一个午后，在家中正睡着午觉的我被她的一个电话给扰乱了清梦。"在干嘛呢？"电话里的她带着一丝压不住的兴奋劲。"睡觉。"我有点愠意的回道。"好不容易回来一趟，睡什么觉呢！走！带你去个好地方!"不容我拒绝,小优便匆匆挂了电话。几分钟后她开着一辆银色奥拓停在了我家门口。

她也不说去哪,载上我直接踩了油门就走。如果不是和她很熟的话,真以为她要把我带到哪片山沟沟里给卖了呢。她可能是从我脸上读出了疑惑,说道:"放心吧!不会把你卖了,带你去一个特别美的地方,保准你不会后悔的。"

她故意卖了个关子,把我的好奇心完全调了起来。抱着既来之则安之的心态也就心安理得地欣赏起沿途的风景来。山路虽然不好走,但风景却十分怡人。山间苍松挺拔,草木葱翠,清爽的风夹杂着泥土和青草的清新气味,头顶上一片蓝天白云,颇有天高任鸟飞的意味。在一片绿意中突然跃入了一片厚重的深色,且面积越来越大,乌青的瓦当,斑斓的墙院,极具古风的民居让我忍不住举起了手里的相机。

"石头村到了!这就是来了不后悔,没来拍大腿的石头村!"小优一脸得意地看着我。"这口井叫作清阴井,唐朝的时候就有了,这口井的井水千年不枯……"小优明显是做足了功课,临时充当起了我的导游。

位于南浦溪镇的石头村有个很接地气的名字叫作库村。这里的古民居始建于晚唐,经历了宋、元、明、清等朝代,距今已有1200多年的历史,无论是地面,还是古民居,全是用鹅卵石铺建而成。随处可见的鹅卵石也让库村享有了"鹅卵石的城堡""石头村"等美名。

据资料记载,唐时吴畦、包全等先贤看中了这里的秀丽风景,于是便在此地建宅隐居,他们的后人也在库村得以繁衍生息。年复一年,也不知道是真有风水一说还是得到先人们的庇佑,两大家族人丁逐渐兴旺,村落的规模也便愈加壮大起来。石头村正如这遍地的鹅卵石一般圆润饱满,在这片土地上留下了瓯越文化发展变迁的重要印记。

作为泰顺古民居建筑中历史最悠久、规模最大、保存最完整的村落。库村内现存传统建筑37000平方米,其中明清前古建筑19座、70年代前古民宅25座。除古民居外，主要历史遗存有吴畦园陵、世英门、清阴井、古戏台、牌坊和古树、古道等。

我们沿着小溪慢慢地浏览整座古村落，沿途不时地遇到这里的村民，有的挑着刚从地里挖出来的萝卜番薯，看到我们便停下来热情地和我们打招呼，一边问我们从哪来的，一边给我们介绍起这里的故事来。几个疯玩的小孩子也跑过来看我们这两个外来客，其中一个吸着鼻涕的小屁孩好奇地打量着小优手里的相机。

小优也就顺势地给他们拍了许多照片，那个午后一台小小的海鸥牌傻瓜相机给这个宁静的村子带去了一些尘世的喧嚣，如秋日里的向日葵，带着金灿灿的喜悦打动了我们的心田。

路过一间老宅，一个老人正坐在门前纳着鞋底，布满青筋的手拿着针线颤颤悠悠地在鞋底上下翻过，阳光落在她的身上，那幅画面仿佛被凝固了，心里不禁泛起一阵涟漪。

石头村里的静是令人陷入沉思的，它的每一个物件都仿佛跌入了时光的慢动作里，不依附于尘世，只是遵循着自己上千年以来的节奏，不紧不慢地上着发条，只有细心的人才能听见它们细微的声音。而石头村里的人们也安心地隐匿在旧时光里，日复一日地走在鹅卵石铺就的小巷里穿过春夏秋冬。

沿着石路一路前行，有些古宅已无人居住，显现出一副败落的景象。墙头的杂草和衰破的庭院让人心生感慨，想象着这里的主人曾经居住过的历史。

夕阳西下，被镶上一层金边的石头村分外美丽。南浦溪库村一行让我们感受了一把历史的厚重感，也让小优收获了一卷满满的底片。若干年后我和小优在繁杂的生活浪潮中慢慢地失去了联系，南浦溪也在时光中变得愈加的有魅力，它的故事也正被越来越多的人所了解。不知道她是否还记得石头村那个美丽的黄昏以及两个无忧无虑的少女？

泸沽湖的初冬

　　泸沽湖之行完全是一次计划外的意外之旅，某一天打开机票 APP，脑子一热就买了飞往丽江的航班。说走就走的随性之旅，却让我收获了满满一 U 盘都无法装下的美景。从丽江通往泸沽湖的道路十分坎坷，我们租下的 SUV 在这里充分地发挥出了它的越野性能，这里的山路比起贵州有名的十八弯来也丝毫不逊色。

　　虽在初冬时节，但沿途的景色依然十分怡人。翡翠般的湖水，远处连绵的雪山都让我们这些从南方来的孩子们连连惊呼。开车的师傅也很善解人意，开到可以欣赏美景的看台，就停下车让我们拍照。他对我们这些外来游客的大呼小叫大概也都司空见惯了。有时还主动帮我们拍照，如果沿途的景色是一种自由散漫的美，那泸沽湖的美就可以说是美得令人惊心动魄了。

　　经历了几个小时的山路跋涉，翻越海拔两千多米的山口后，司机跟我们说泸沽湖到了，我们怀着激动的心情下了车。虽然在网上也看到过泸沽湖的照片，但当它切实地出现在我们的眼前时，我们还是被它的美所震愣住了。午后的阳光打在湛蓝的湖水上闪烁着金色的光芒，在光影绰绰的清波里倒影着远处的山色，美得那么的不真实。

我们上了一艘猪槽船，摇船的是一位壮实的摩梭族大叔，黑红的脸庞，穿着明黄的传统服饰，卖力地划着船桨，作为最后一个母系部落的摩梭族，我们对他们有着太多的好奇，于是，我跟大叔攀谈起来。在交谈中得知，他的族人们现在还是住在泸沽湖的附近，村民们把沿湖的房子出租给商家开民宿，虽然经济上不用发愁，但他们还是延续着千百年延承下来的族规，把赚来的钱交给祖母统一分配管理，所以祖母在家里的威望那是极高的。他们的婚俗习惯还是外界觉得神秘的走婚形式，生下来的孩子就由舅舅们统一抚养。

他们的生活和以前我们的共产时代很像，大家一起干活挣工分，钱一起平分。一个村分成两组，划船、跳舞，不去的就要罚钱，即便你是坐拥门面的百万大户也不能例外。不忙的时候大家就拿着钱去旅游，这种生活方式可能被很多人所不理解，但从他们脸上的笑容看，他们显然对自己的生活很满足。

猪槽船晃晃悠悠地行驶在水面上，头顶不断地有水鸟略过，一只还飞到了大叔的头顶上空，我抓准时机，将这幅有趣的画面记录了下来。这时，大叔突然哼起了摩梭族的情歌，神秘的面纱似乎轻轻地被揭开，一种一见如故的喜悦不请自来。傍晚，透过客栈的窗户，看着看似触手可及的深蓝色天空上着起了大片的火红。对着眼前的这片美景不忍离去，在露台上看着几只野鸭嬉戏，把小小的脑袋钻进水里，又从水里再次钻出来。

入夜，微冷的清风拂过脸庞，远方的山头升起一点星辉，我如痴如醉地看着眼前的这一切，泸沽湖的山水毫不吝啬地向人们展示着它那让人窒息的美，我像一个新生儿般带着好奇的眼睛，贪婪的沉静于这一片美好之中。拿起手机随手一拍，就是一张屏保照片。

泸沽湖的美让我们着迷，这里的摩梭文化也让人们有了一探究竟的渴望。让我们了解到文化习俗的多样性，这个世界上还有这样一群人坚守着自己的土地，以不一样的生活形态活着。这里也很包容，它慷慨地接纳着每一个有着不一样故事的人。当他们累了时无条件地让他们在这里停歇，等到他们离开时也从不抱怨他们的无情。再次相见时，却多了一份热络。这里成了漫漫人生路前行的中转站，这可能就是许多人走了又舍不得离开，最后留在这里的理由。

在旅途中除了绝美的风景让人流连忘返外，下一秒的无法预见以及和陌生人的邂逅是最让人期待的感觉。离开泸沽湖回到丽江的路上，另一个摩梭司机也给我留下了深刻的印象。

初见时他靠在一辆小面包车上，飘逸的头发随着风不停地摆动着。那时的泸沽湖的早晨还有些清冷，他穿着黄色的袍子，一张黝黑的马脸上一双狡黠的眼睛不停地打量着路人。

和他打过招呼，我们就坐上了他的车。这一路上，我才算是真正领教了与他外表一样放荡不羁的车技。泸沽湖的路像弯曲的蛇一般在山间缠绕，而我们就像搭乘上了一辆时光机，快速穿梭在这险峻的崇山峻岭间。有好几次都换来了我们的惊呼声。可摩梭大哥却顽皮的像个孩子般大笑了起来。

师傅说他叫多吉，多吉很健谈，一路上都和我们说着他的在车队当队长时的光辉事迹。有次大雪封山，泸沽湖被封在了大山的另一头。路不通，泸沽湖就变成了与世隔绝的地方。这时候，有个游客因为有急事，找到了多吉，请求他帮忙开车回市区。多吉一开始担心路上的安全问题拒绝了，但最后被游客急切的心情给打动了，于是答应了下来。

在积雪的山路上驾驶除了有高超的驾驶技术以外，还需要有丰富的经验，一不小心就会造成危险。他凭着摩挲汉子的勇气和高超的车技捏着一把汗，硬是在雪地里开出了一条路，把乘客安全地送到了目的地。面对乘客的感激，他用特有的摩梭腔普话淡然地说，小意思！

人们身处于这个荒诞的世界假装严肃地活着，背负着义务、物质、贪婪蹒跚前行，将梦想、远方和仅剩下指甲大的尊严埋藏在心底，已经够累的了，何不朴实一点，过一些简单的生活，未必就需要轰轰烈烈的人生。泸沽湖人便是如此，在喧闹的世界里以安静的姿态独守着自己的这份安然。与眼前的一湖春水静静地陪伴着岁月的逝去，也未必就太平凡。总之，每一种人生都是生命体存在于这个世界的痕迹，都值得被尊重。

美国学者洛克曾赞曰"真是一个适合神仙居住的地方。"清代谢秉肃诗云："何处来三岛，苍茫翠色流，嶙峋海气，缥缈壮边陲。叠嶂临波动，连峰倒影浮。浦寒猿啸月，汀泠雁鸣秋。"

湖舟飘摇，白云如絮，坐看云卷云舒，没有找到诗中的桃花源却找到了如画一般的泸沽湖，完全陷进了她柔情的怀抱中不舍离去，就让前行的脚步再停驻一会儿吧，让自由的气息再舞动一会儿……

三垟秋水雅韵

金秋时节，来到了令我神往已久的三垟湿地。汽车行驶在瓯海大道，穿过嘈杂的城市，路在不断地向前伸展，离"城市绿心"越来越近，忽然感觉鼻尖的气息都变得清新了起来。

没多久就到达位于温瑞大道的三垟大道西入口，入口古朴典雅的设计，和景区内的自然景观融为一体，显得十分和谐，在广场西侧设有一块景观石，上面用草书写有"行水三垟"字样。"行水三垟"中的"行水"二字是出自《周礼·考工记序》，释义为行于水上，这与三垟湿地内湖水浩淼、河道纵横的景致倒是十分贴切。

三垟湿地，规划总面积10.67平方公里，湿地内河流纵横交织，形成了161个大小不等、形状各异的"小岛屿"，有138条河道，其水域面积占总面积的30%，属于城市河流性湿地，是温州市内保持最完整的水网湿地，因为其独特的水网湿地资源，也发展出了湿地内物种的多样性，目前据考证湿地内已有1700多种动植物。享有温州城市的"绿心"、"浙南的威尼斯、百墩之乡"，城市"绿肾"多个美誉，它还是以"橘浦芳洲"为特色的国家级湿地公园，被称作"中国柑桔之乡。"

整个景区由520城市客厅、五福源榕树园、南怀瑾书院、南仙堤等几个主要部分组成。湿地内奇峰林立、水岛相依、水桥相通、曲桥蜿蜒，在水岛的基础上，加入了人文景观的设计，使得自然与人工浑然天成，显现出了一派水韵悠悠的别派情调。

走进湿地大门，便像是踏入了另一个空间，一幅如诗画卷在人们眼皮底下尽情展开。在喧闹的都市中，只一眨眼的工夫，便隐入了怡然的寂静中。满眼的绿色毫不吝啬地打点着每个角落，亭廊、幽径、鲜花、瑞草，构成了一个世外桃源，这里也是小动物们的天堂，在这里，所有来自城市的喧闹都戛然而止，耳畔里传来的是令人愉悦的鸟鸣声，举目远眺，依稀可见河内绿意盎然的岛上三三两两的停落着白色的水禽，有的像个高傲的公主，高仰着脖子，扫视全场；有的单脚站立，似乎已枕着这一水的绿色进入了梦乡；有的正用喙悠闲地整理着自己的羽毛，它们以各种动人的姿态向人们展示着它们的美丽。

乘坐游览车来到画舫船码头登上画舫游湖，不远处是青山绿水，一侧则是高楼耸立的现代都市，颇有开门入世，关门归隐的意境。画舫悠悠地在湖面上荡起了清波，把清澈的湖水划出了一道道痕迹，转眼又被抚平。细碎的阳光洒落在湖面上，泛起了星星点点的金光，像是在编织着一个美丽的童话故事。随着船只一路前行，遇见了许多小岛，岛上被郁郁葱葱的树木覆盖着，开满了娇艳欲滴的鲜花。站立船头，清风拂面，鼻尖的空气凉爽怡人，突见一只白鹭被船只荡起的涟漪所惊起，拍拍翅膀飞向了碧蓝的天空，我不禁对打扰它的清梦有丝歉意。

游船继续前进，水面不时传来一阵阵的响动，同行的伙伴说起了之前来游船遇到飞鱼的奇特经历。那日行船至半，几个同伴对着这大好的湖光水色兴致大发，于是在船内小酌了几杯，也不知是不是因为贪恋船上飘去的酒香，湖水中的一条肥鱼竟一跃而起，飞到了船上来。

船上的人们对这从天而降的肥鱼自是惊讶不已，无不啧啧称奇，纷纷聚拢观看，调侃道这该不会是条美人鱼吧！大家笑谈一番，最后还是把这条不走寻常路的大肥鱼给放生了，放生前还不忘叮嘱一番，下次看到人记得要躲远一点。这样的奇遇也让我们不禁开怀大笑。笑音未落，果然就有一条鱼儿跃出了水面，接着，别处又有鱼不断地跃起，惹得船上的人们一阵骚动，无不感叹这三垟湿地的水肥鱼美。

船前一壶酒，船尾一卷书，钓得紫鳜鱼，旋洗白莲藕。这是放翁老人在古鉴湖中的闲情，如今我们也循着古人的足迹，来到这美丽的三垟湿地寻得了一份闲情逸致。

沿着水路前行，途中遇见了许多桥，中国是桥的故乡，自古就有"桥的国度"之称，而作为水乡的温州也自然少不了桥的身影。泛舟湖上，一座座气势恢宏的石拱桥跃入人们的眼帘，此间建造的桥多为石拱桥，石桥横跨整个绿岸，造型古朴雅致，其最大的特点就是在于它的拱门设计，这里的石拱桥拱门之多，其中一座石拱桥的拱门竟高达30个，是整个浙江省最长的连拱桥。

从船头一侧眺望出去，石拱桥像一条长龙横卧在湖上，连绵的石拱门倒映在水中，貌似一轮圆月，桥上不时有汽车驶过，桥的一边通向日新月异的现代文明，而桥的另一边则是快速发展后带来的人与自然和谐共处的沉思。

经过几座石拱桥后，一座雕花精湛的木制廊桥静立于水波之上。廊桥，又称虹桥、蜈蚣桥等，有顶，可保护桥梁，同时亦可遮阳避雨、供人休憩、交流、聚会等作用。它的木拱架部分，是用数十根粗大圆木，纵横交错成拱，形似"喜鹊窝"。它的建造特点是整个拱架不用一钉一铆，"八"字形榫卯结构体系，具备抗压、抗侧移的作用。

据工作人员介绍此座廊桥大有来头，它是由国家级非物质文化遗产项目木拱桥传统营造技艺代表性传承人董直机老先生主墨，也是属于他的收官之作。廊桥边，清风吹拂。虽然故人已去，但留给后人们的却是非物质文化的传承与记忆。水和人们从廊桥的怀里穿过，廊桥上人声交织，廊桥下流水潺潺。岁月就在这灵动悠扬的乐章中静静流淌。

过了桥后，往湖的深处游去。没多久就见远方一处岛上矗立着一棵古树，因为在远处，树呈现给我们的只剩下了一个庞大的轮廓，郁郁葱葱的树冠遮蔽了树下的景物。受到它庇佑的则是三垟水乡的著名地标致景观"水莲宫"。等船走近，我们看清了它的全貌后，才惊于这棵古榕树枝叶的繁茂。这棵水莲岛上的大榕树，树龄280多年，树高11米，平均冠幅32米。仰望着百年古树，枝干虬曲苍劲，缠满了岁月的皱纹，却抽出了无比鲜活的新枝，它像一个历经沧桑的老人，带着慈悲，继续在高处凝望着红尘阡陌，为后人们遮荫蔽日。在水莲岛上环顾四周，可看见九个长方形的岛屿，每个岛屿的头部都对准水莲岛，长条形的岛就像九条猛龙，扑向水莲岛，就有了"九龙抢珠"的说法。

关于这水莲岛、水莲宫，还有另外一个耳熟能详的民间传说。传说在很久以前，天庭娘娘在梳理长发时，不经意的向凡间一瞥，发现了一处风景如画的地方，一个分神，戴在头上的明珠掉了下来，恰巧就掉在了三垟的河中央。地上的土地爷得知后，升仙心切，放出西山猛虎，想要吞没明珠据为己有。明察秋毫的天庭娘娘指令九条飞龙，下凡对明珠形成包围之势进行保护，同时拔下头上的金钗，射向猛虎，让已经张开血盆大口的猛虎停下了脚步不敢向前。时光把这些天上之物变成了人间美景，明珠在月光的倾囊修饰下，越来越像睡莲，于是就变成了水莲岛。九条长龙也不离不弃履行着神圣职能，变成了田垟厮守千年。老虎的大口一直张着，就变成了老虎湾，而金钗，也变成了三条戟形的田垟，虎视眈眈对抗着老虎湾。

美丽的传说像流光溢彩的光影让整个三垟湿地显得更富有诗意，三垟湿地的美在于它的水韵，水赋予了这片土地无限的生机，它鲜活清澈的水质造就了三垟湿地之丰，养育出了让三垟人民引以为傲的"瓯柑、菱角、鲫鱼"三垟三宝，"八月中秋菱角肥，湿地菱农笑眯眯"，这是流传于三垟的俗语。作为棱乡的三垟，不仅让三垟棱角成为了一张金名片，也让它成了瓯柑外，让人们致富的又一个聚宝盆。

　　三垟湿地的美还在于它的文化雅韵，在改革开放的大潮中，温州以它"山水斗城"独有的古韵新味，向世人们展示着它瓯越文化千年的墨香传承，而作为温州文化象征之一的南怀瑾先生，更是南师精神和特质温州文化的重要组成部分。坐落于三垟湿地五福源内的南怀瑾书院，向后人们传递着瓯越文化的历史踪迹。

　　漫步湿地，张璁笔下的橘浦芳洲，国家三级保护古树百年榕，鹭鸟振翅水丰草美的百鸟岛，上古仙凡奇传九龙抢珠都给我们留下了美的感受，正如嘉靖首辅张璁的诗中所描绘的那样，"落日泛舟循桔浦，轻霞入路是桃源。"三垟湿地像一颗清晨的露珠，为这座城市带来了清新与芬芳，也净化了我们的心灵！

大山里的名门望族——林家十八学士

已经记不得是第几次来到泗溪这座安逸的小镇,只是每次来到这里,都能从它的一桥一树、当地丰富的人文风情中重新领略一番它的无穷魅力。它饱含着山城的浓浓乡情,又像是一本内容引人入胜的书籍,抖落下的是历史的尘埃,留给世人的是一个个荡气回肠的传说。泗溪,原名四溪,有东南西北四条溪流屈曲环绕,形成了"泗水回澜"。泗溪因水得名,在泗溪镇有个被当地人称为"花园"的地方,有个当地家喻户晓的名门望族——林家,就座落于此。

泰顺自古以来,人杰地灵。县志有云:"自宋以后,生齿日繁,文物渐盛,科甲肇兴,人才辈出"。宋代中国历史上文化最鼎盛的时期,民国大师陈寅恪就曾对宋朝有过一个很牛的评价:"华夏民族之文化,历数千载之演进,而造极于赵宋之世。"文化盛世之下,泰顺地区的文化也如燎原之火般欣欣向荣,到达巅峰时期。其中,泗溪的林氏家族更是支派繁衍,文士辈出,成为了泰顺文风最盛的家族之一。

据史料记载,自北宋熙宁三年(1070)至南宋咸淳四年(1277)的

207年中，林氏家族中文武进士者达43人。其中具有学士衔者18人，时称"十八学士"。整个家族中，或兄弟同榜及第，或父子同甲登科，甚至祖孙三、四、五代连续金榜题名。仅正奉大夫林永年脉下，就有进士29人，济济一堂，簪缨相继。林氏家族家风严正，非常重视对子女的教育，家族的这种家学渊源传承，影响着一代又一代的林氏后人，家族人才辈出，崛起成为了一个显赫的文化世家，两宋时期林氏先祖林韶在北涧桥桥畔开设儒学院，招收四方弟子及族人孩子从学，在当地深受老百姓的尊敬。古代民间也将这种鼎盛的现象归结为风水说。传说在林氏家族所在地"花园"的路边就长着一株几个成年人才能围抱得过来的几百年树龄的古樟树，村里人称它为"风水树"。"风水树"是一棵奇树，任凭刀怎么砍，一夜之间树又长回了原样，变得完好如初。林氏家族正是因为受到了这棵"风水树"的庇佑，家族才得以兴旺发达。当地老百姓也对此深信不疑。

还有一个传说就是当时同朝为官的浙江籍与江西籍官员表面融洽，背地里却相互博弈。江西籍官员问浙江官员，"浙江人才如此众多，是何缘故呢？"浙江籍官员未加思索，随口答道："乃风水所养也。"江西官员闻知原委，以为当真，便暗中安排，让一些年长的同僚告老还乡，潜心研究风水阴阳术，学成之后便前往浙江各地"破风水"。

"阴阳先生"游历到泗溪，听说下桥花园林氏家族几代人都在朝廷当官，正是因为门前有一株风水树，得到了它的庇佑后，"阴阳先生"便决定破坏掉这棵风水树。他来到了林家，学士的老母亲正因为思念在朝当官的儿子而郁郁寡欢，忧思成疾，"阴阳先生"看在了眼里，便趁机借题发挥，对林母说道："老人家思儿心切，我有一个办法可以实现您的愿望，您只要命人将门前那两棵樟树砍掉，儿子们很快就会回来了"。老母亲听说砍掉大树就能见到儿子，就一时脑袋发热，连声道谢并答应立即照办，"阴阳先生"见时机已到，拿来白狗的血液抹在刀上交给砍树人，树被砍倒了，奇怪的是再也没有重新长出来。也正是因为风水树被砍倒之后，失去了庇佑的十八位学士也相应离奇遭难。

有一天，十八位学士照常去上早朝，来到皇宫门前大街上，见一货郎挑担橘子沿街叫卖，有位学士上前去买了一个剥开来一看，不多不少正好是十八瓣，大家觉得这事实在奇巧，分吃橘子的时候不禁齐声大笑。但学士们意想不到的是，因为这一声大笑，竟招来了日后的杀身之祸。

因为大家分橘子吃并齐声大笑的情景正好被一个同时早朝的奸臣所见，这个手操重权的奸臣，早就存心要陷害学士们而苦于找不到把柄，才迟迟未能下毒手。今日之事正合他意，于是上朝时便向皇帝极尽谗言诬告十八学士："万岁！今日早朝，臣亲眼目睹林姓十八学士们在门前大街上时而交头接耳，时而窃声偷笑，他们在朝中一贯自恃权高，目中无人。今日之举定是密谋造反诡计，加害皇上篡夺江山"。

昏庸的皇帝听信了奸臣的谗言，立即传下圣旨，要对十八位学士实施斩立决。午门外的刑场上刽子手一连斩了十七个，眼看最后一位也将被处决，眼见十七个兄弟倾刻间做了冤鬼，可不能就这样不明不白地死去啊！于是他拼尽全力大喊：冤枉、冤枉啊，刀下留人！这时有几位忠良大臣向皇帝力谏学士们可能确有冤情，奏请皇上暂缓行刑，传进宫来再审。学士在大殿上将今日早朝于城外大街买橘子所遇奇巧事，原原本本叙述了一遍。皇帝为证虚实，传旨卖桔人过堂，审毕才知错斩忠臣，但悔之晚矣。

没有被处斩的那位学士在金殿上道明事情原委之后，为冤死的亲人悲痛万分，但已回天无术。想不到一家人早上还高高兴兴一起上朝，转眼却已死于非命，越发感到万念俱灰，活着还有何意义！于是一头撞向金殿的龙柱碰死了。皇帝目睹眼前的悲壮一幕，心生悔意深感惋惜。为弥补错杀之过，赐金头银项厚葬十八学士。出殡那一天，由千名御林军护送学士灵柩回故里，葬礼备极哀荣。十八学士葬于泗溪玉岩村坝底，朝廷还在坟墓对面不远处修一宅院，供学士后人在此守墓，下葬十八学士的地方后来就叫"千军拜"。

整个故事道尽了十八学士跌宕起伏的命运，成也萧何败萧何，正是由于家族的锋芒过于显赫，所以才引得小人的嫉恨，招来了杀身之祸。不禁让人感叹人生如戏，家族兴衰荣辱，古今有定理，但这个凄惨的故事只是个传说罢了，据考究，这十八学士中有的是父子同甲登科，或兄弟同榜及第，十八个兄弟是不同年代的人，更不可能同朝为官了。这可能是哪个文人墨客在闲暇时杜撰出的野史，供大家娱乐罢了。

传说是假，但十八学士却有其人。《分疆录》作者林鹗在修《泰顺林氏大宗谱》时，就曾特增了《宋林十八学士合传》，里面详细记载了泗溪花园林氏始祖林永年派下在宋代涌现十八位学士的事实，也再次证实了"十八学士"真实性。

夜半月明，在漆黑的夜色中，倚坐在廊桥上，桥下流水声声，远处零星的灯火忽闪忽灭，感觉时光弹指而过，恍惚间感受到了苍茫的古意，不知今夕是何夕。十八学士虽然早已离我们远去，但它的家风早已在这片古香古色的土壤里扎下了根，变成了潺潺的流水，滋养着这里世世代代的百姓，生生不息……

隐匿于时光里的明珠

著名作家、美学家蒋勋曾说过:"许多生命中的美,并不是物质,没有实际利益,但是,情动于中,留在记忆深处,久久不能忘却。"这份心动就如与泰顺氡泉的邂逅,从青山绿水间偶然遇见了这颗失落于世间的明珠,让人身在其中流连忘返,还未曾离开便已开始期待下一次重逢的喜悦。

泰顺县境内高山密林,山水俊美,头顶"中国天然氧吧"的美誉。得天独厚的地理环境造就了其与世无争的轻淡与孤傲。这里有着田园牧歌式的自然风光,也有人文古韵的历史厚重感,泰顺氡泉这片秘境之地便坐落于此。泰顺氡泉,位于泰顺县雅阳镇承天村华东第一大峡谷口,距温州市区 124 公里,泰顺县城约 50 公里,国家 AAAA 级景区。峡谷两旁山林葱茏,自然物种资源丰富。氡泉景区翠竹掩映,环境优美清净。景区内还有千年古刹、古村落、袈裟谭、会甲溪、神色望瀑、宝林峡谷等风景名胜及自然景观,各具其妙,互为犄角,丰富了旅游观光的内容,如今这里已成为人们来泰顺游览、休闲的最佳去处。

村民们世代沿山而栖，会甲溪峡谷中有"仙水"，仙水的泉眼能把鸡蛋直接煮熟，是这里的乡民们心照不宣的"秘密"。明崇祯《泰顺县志》中记载："古眼洞坑，在雅阳火热溪旁"。清光绪戊寅年间纂《泰顺分疆录》中述："汤泉在雅阳水口洞旁，俗谓之火热溪，泉从涧旁小石池中涌起，四时热如汤，冬日尤烈"。

"仙水"不仅可以沐浴净身，最神奇的是它还能治病，诸多史书上曾记载过泰顺有乡民得了疾病，用这"仙水"沐浴，竟然得以痊愈了。当然这只是民间流传的一种说法，但这温泉能治病倒是不假。泰顺氡泉由地球表面的水经过了38万年时间，流经地壳5000米深处，物处循环，再从火热溪泉眼喷出而形成。经相关专家学者研究，泰顺氡泉温度为62摄氏度，是高温低矿，具有弱放射四十多种微元素的大温泉。对银屑病、风湿性关节炎神经性皮炎、心血管疾症等疾病有着显著疗效。

关于这温泉，自古还流传着一个美丽的传说，相传庐山圣母800岁的时候，玉皇大帝将一块玉石作为生日礼物送给她。这块玉石一遇到水，水就变得滚烫，用这宝石浸泡过的神水洗浴能使人青春焕发，延年益寿。

庐山山脚有一个黑心和尚，身上长满脓疮，奇痒难耐，于是到庐山向庐山圣母讨要神水治病。和尚用过圣水后，通体舒泰，满身的脓疮也不见了。黑心和尚看到这神水如此神奇，便起了歪心，趁九月九庐山圣母举办蟠桃会大宴群仙之际，潜入圣母卧室，偷得宝石，并连夜下山，往东南方向逃窜。黑心和尚整整逃了七七四十九天，才逃到泰顺和福鼎交界的大峡谷中，隐名改姓，修建庙宇躲藏起来。

从此以后，这位黑心和尚借手中宝石敲诈勒索，欺压百姓，无恶不作。玉皇大帝了解了事情的真相后，便派天兵天将前来大峡谷捉拿黑心和尚。和尚看到天兵天将前来捉拿，慌忙中拿起玉石和身边的袈裟、木鱼就逃，但是刚一出门就遇上了天兵天将。打斗中，黑心和尚身上携带的那块宝石、木鱼、袈裟都掉了下来。黑心和尚被抓走了，但掉下的木鱼变成了木鱼墩，这木鱼墩就位于雅阳至承天的公路边，袈裟变成了袈裟潭，就在小电站的旁边，那块宝石却滚落到了大峡谷的底部。在宝石落水的那个地方，一年四季烫水翻滚，这就是现在氡泉泉眼的所在。

美丽的传说像一串记忆的风铃将温泉的前世今生流传得悦耳悠扬。纵目远眺，两旁巍峨的大山静静地等待着人们的审视，以它特有的包容治愈你。走入暮色，远处的村子里隐隐地浮起了炊烟。此刻，你似乎已和这里的大山融为了一体，跳动的心脏随着大山的呼吸一起一落。在这里，时间成了一种可有可无的存在。

在山水之间重拾我们失落的平衡，也许这里便是陶渊明笔下曾描写过的世外桃源吧。北宋大文豪苏东坡平生酷爱泡温泉，每天晚上坚持用温热水沐浴一次，还曾写下了"汤泉吐艳镜光开，白水飞虹带雨来。"如此美丽的诗句，想必这也是他抛却尘世烦恼，寻求内心平静的另一种方式吧！

在这里，我们又重新找回了属于我们基因深处泥土的记忆芬芳。这里远离工业的喧嚣，也没有让人憎恨的雾霾。有的只是爆表的负离子和让人应接不暇的风景。随手一拍，这里的每一帧风景都可以成为屏保。抬头仰望星辰，星星们热切地发着光，向远道而来的人们展示着自己的无限魅力，微风轻抚过脸庞，懒懒地靠在阳台的摇椅上。那些坐在葡萄架下吃西瓜，听大人们说牛郎织女故事的日子似乎又回来了。

在这里，似乎打开了另一个生活空间，你开始认真地对待平日里被忽略的那些景色，认真地品尝每一口食物，关注每一片叶子，聆听鸟儿悦耳的鸣叫，突然觉得以往失调的所有味觉丢失的睡眠又全部重新回归到了你的身体里。饱饱地吃过地道的农家风味后，点上一炷香，再泡上个温泉，洗涤身体，不知不觉间也净化了心灵。

泰顺氡泉，这颗低调而不失优雅的明珠，任凭时光荏苒，依然以它的温度与诗意穿梭在岁月中，连绵不绝……

延续工艺之美，圆百年廊桥之梦

在浙江南方边陲的大山深处，有许多古老美丽的木桥横跨在潺潺的河流之上，几百年来，它们纵使历经了风吹雨打，岁月变迁，却依然巍然耸立于青山秀水间，将它最美的姿态定格在历史的年轮之中。它有一个同样充满诗意的名字——廊桥。

廊桥，又名"蜈蚣桥"。顾名思义，它是一种有屋檐的木桥，其桥体则横跨山溪之上，可遮阳避雨，供人休憩，也兼社交场所等用途，有的廊桥还有供人暂居的房间。其独特之处，首先在于其制造工艺。以三条桥为例，40根方形桥柱四根一组依次排立在桥面两侧，每组几根横梁贯穿组成廊桥屋架，牢牢将廊桥各个部件结合在了一起，不使用一根铆钉，让木头间利用相互受压产生的摩擦力，使得构件间彼此结合得越来越紧密。廊桥的桥身全是木结构，由五千多根木头相连而成，桥的底部由100多根大木头组成，形成拱形，整座桥有100多吨。

作为"中国廊桥之乡"的泰顺县，其境内的廊桥无论是从数量上、保存的质量上，还是从建造的历史及艺术价值上来说都能称得上是世界之最。现存有编梁木拱廊桥、八字撑木拱廊桥、伸臂梁木平廊桥、木平梁廊桥、石拱木拱桥等32座造型各异的廊桥。其中溪东桥、北涧桥、三条桥等15座廊桥为全国重点文物保护单位。以泗溪姐妹桥为代表的木拱廊桥，以其巧妙优美的结构造型，再现了《清明上河图》的虹桥形象，被冠于了"中国瑰宝"的美誉。有诗云："木造飞虹千古奇，其中奥妙有谁知？鲁班若自桥头过，疑是八仙醉后遗！"

廊桥是当地老百姓在日常生活中所缔造出的艺术品，它集于实用主义、美学与力学于一体，是人类民俗文化的积淀，亦是历史的见证者。建筑工匠们将自己的智慧和精湛的技艺融入到了每一根桥梁里，精美的飞檐翘角，古色古香的斗拱透着秀美与灵性，工匠们将浓厚的乡情寄思于这些对他们来说有着特殊情感的木头之中。他们是最质朴的人群，虽然没有诗人那般华藻的语言，却用他们的双手演绎着他们对美的理解与法则。在泰顺就有这样一小批人，堪称"当代鲁班"，他们沿承着老祖宗的衣钵，在山里默默守护着这个传统而又古老的技艺。

曾家快——人称"斧头王"，出身于廊桥世家。是泰顺目前掌握完整建造廊桥技艺仅存的二人之一，2005年凭借斧头剥鸡蛋绝技登上中央电视台的《状元360行》，到目前为止，已带头建成廊桥11座，并负责修建了2016年因台风被冲毁的文兴桥（建于清咸丰七年1857年）。2008年，曾家快等造桥师被命名为国家级、省级代表性传承人。

手艺人因为需要长时间的沉浸于手工技艺的雕磨中，所以许多手艺人并不善言辞，对于理论性的东西更不擅长论述，笔者和在曾师傅的聊天中也感受到了一二，但对于造桥这件事，从他朴实无华的表述中却透着无比的热爱和自豪感。

"我是十几岁开始学做木匠这门手艺的，我的爷爷、爸爸都是木匠，在他们那个年代里，木匠的社会地位和教师相仿，收入也不错，所以他们选择了这个行当，而我会选择这门手艺是因为我是真心喜欢干这个，现在干这行如果不是真心喜欢是很难干得长的。"

面对"当初为何选择这个行业"的这个问题，曾师傅回答得很干脆。他和廊桥最早的渊源得从他的祖辈说起，他的爷爷是个大木匠，如果用段位比喻的话，大木匠是属于木匠中段位最高的，不仅会做细工活，也要会做造房子的粗木工，所以造桥也自然不在话下。

光会做活还不够，脑子还得有悟性。一座桥有多少根梁，什么结构，哪根木头受力，角度该怎么设计，是平角还是什么角，怎样才能达到平衡，这些问题从锯下第一根木头起，造桥师傅已经在脑海中演绎了几十遍了。

每个匠人的诞生，除了在手艺上不厌其烦地精雕细琢，更重要的是对心智的磨练与考验，在打磨中淬炼心性，以"吹毛求疵"的耐性去追求极致，将心倾于手，手溶于心，把每一件匠作都当作自己的孩子去铸就。他的爷爷是这样言传身教给他爸爸的，而曾师傅从小在充满了锯末的环境中长大，他的生活里无时无刻都充斥着木头的气息，自然也对木头产生了天生的亲近感，也在耳目渲染中不知不觉的爱上了这门技艺。

匠心者，细微之处见真功，造桥亦是一种别样的修行。曾师傅从18岁开始入行，2002年正式开始造廊桥，踏实勤奋的奉行匠人之道，数十年如一日的打磨着自己的技艺，他还自创出了一门"独门绝技"——斧头剥鸡蛋。用一把5斤多重的斧头，把煮熟鸡蛋的蛋壳剥掉，蛋白还可以完好无缺。可见他的手上功夫已经达到了炉火纯青的地步，造廊桥正是需要这样的"有心人"。从一个初出茅庐的小木匠到今天身怀绝活成为能独力完成古廊桥修复的手艺人，他一路上经历了许多磨砺与艰辛。

想起当初学造廊桥的原因，曾师傅还是感慨万千。他在做了12年的大木匠后，开始钻研起泰顺随处可见的廊桥。当时，他几乎走遍了整个泰顺，寻访各处的廊桥。廊桥造型各异，美丽多姿。有些呈红墙灰檐，有些古朴典雅，站在雕花精湛的木式长廊里，听着桥下的流水潺潺而过，曾师傅常常看得入了迷。他下定决心要学做廊桥，可却发现泰顺会做廊桥的师傅已经越来越少了，因为学习这门手艺的难度很高，社会需求又小，即使千辛万苦学成后，也很少有用武之地。所以学习造廊桥的人便越来越少，这门手艺曾几近失传。

面对这一情况，曾师傅感到很惋惜，也更加坚定了他要学习造廊桥的决心。他的心里只有一个念头，作为一个木匠人，他不能把祖师爷的技艺给弄丢了。他开始更加勤快的寻访廊桥，由于地势原因，廊桥多建造于山间，而且十多年前的泰顺，交通还不是很便利，许多地方车辆无法进入，曾师傅凭着对廊桥的热爱与保留传统手艺的决心，仅靠着两条腿访遍了所有的古廊桥，一毫米一毫米测出了古廊桥的桥长、桥高，甚至每一块主要木构件的厚度。他的汗水终究没有白流，廊桥的构造在他的脑海里越来越清晰，而他所采集的这些廊桥的数据也成为了今后考研古廊桥珍贵的文化遗产。

学做廊桥不是一件易事，廊桥看似和做其他粗木工没有什么太大区别，但等真的下手去造时才知道它的"难"。甚至有做了一辈子木匠的老师傅，在第一根木头上画草图时，都不知道该如何下笔。造一座廊桥从前期的绘图到后期的建造，全部要依靠手工，一座桥的前期设计、架构、线条全部都装在造桥师傅的脑子里。廊桥上的每一个精细的零件都关系着全局，斜坡的走向该往哪里造桥师傅都要做到心中有数。这些笃定的自信都是师傅们在无数次的锤炼和岁月沉淀所累积下来的。

2004年，曾家快拜国家级非遗传承人董直机为师傅。当时跟他一起拜师的还有另外几人，但如今还依然在坚持廊桥修造工作的，只剩下了他一个人，曾师傅叹息道。学习这门技艺是个漫长的过程，俗话说师傅领进门，修行看个人。桥不是一天能建成的，精湛的技艺也是在日复一日的打磨中练就的。学习造桥，一般需要6—10年。从基础的木工开始做起，削树皮、练斧头功、刨原木，再到上手和师傅一起造桥，在这些过程中，都需要匠人的一颗沉浸其中专注的心。

另外，光有勤奋还是不行，造桥还需要有一定的天赋。如果没有一定的悟性，即便是再努力，可能也不能独立地造一座廊桥。这行主要是按"师徒制"的传统来延续着这门技艺，没有正式的书面材料，有的可能只是一些手稿和老师傅们口口相传的宝贵经验。那些图案、数字都已刻在了师傅们的心里。以前的老师傅不会主动的去教你，而是要自己多长个心眼，师傅在忙的时候，就要去看，不明白的要多问，平时自己要多花时间去琢磨。

让曾师傅最难忘的一次修造桥经历就是重建在2006年在台风天气中被冲毁的三座廊桥。那年的中秋节是对泰顺人来说最灰暗的一天，泰顺遭遇洪灾，一天里薛宅桥、文兴桥、文重桥3座国宝级廊桥被洪水冲毁，还有多座古廊桥受损。曾师傅得知消息后心急如焚，好在洪水过境后，古廊桥的大部分木构件都被找到，抢修古廊桥很快被提上了日程。作为廊桥造桥传承人之一的曾师傅自然也受到了邀请，曾师傅义不容辞地赶赴现场和他的师傅国家级非遗传承人董直机商议抢修方案。

其中文兴桥修复工作的难度是最大的，因为它的结构很奇特，它是泰顺众多廊桥中是唯一一座左右不对称的桥。相传当年造桥时候，绳墨师傅带着徒弟，分别负责一端造桥。徒弟生怕自己负责的一端造得不牢固，而加用了几筥铁钉，所以导致桥身向师傅所造的方向倾斜了。徒弟的无心之举造就了这座独一无二的斜桥。所以在制定修复方案时，大家对到底如何复原它斜的原状进行了一次又一次的探讨。修复文物最大的原则就是要遵循"原风格、原工艺"，但完全按照原样恢复，这对造桥师傅们来说无疑是一个巨大的挑战。它不仅对构件的要求非常高，而且对廊桥营造师的技巧与胆识也是一个考验。

方案最终落定了，师傅们对照着被冲毁前的影像资料、各类精准的数据，为了不影响古廊桥的修复效果，仍然延用了流传千百年的手工艺，对找到的每个构件进行原图比对，对遗失缺损的部分，主要是小构件和瓦片，每个都需要去寻找替代品，而且要达到以旧还旧的效果。光是这项繁复的工作就需要花费大量的时间。在修复工作中，很多地方的修补是由整个人挂在廊桥外面悬空修复完成的。难度之大，超越了曾师傅以往修过的所有的桥。2017年12月16日，曾师傅钉上最后一块桥板装，人们印象中那座熟悉的文兴桥又回来了！这一刻就是曾师傅作为一个廊桥技艺传承者感到最幸福的时刻。

　　传承，不仅是手艺的传授，更是匠心精神的延续。师徒们的技艺在日复一日的打磨中交流融合，代代相传。目前跟着曾师傅一起学做廊桥的一共有五人，年纪最小的才二十出头，最大的已经五十多岁，都是泰顺本地人。"只要有人愿意学，我就愿意教。"曾师傅爽快的说道。廊桥文化的传承，就是人的传承，如何让老祖宗的手艺不失传，继续延续下去，这是每位传承人的责任。现在廊桥技艺传承的现状并不乐观，虽然政府在廊桥文化的宣传和政策上给予了很大支持力度，但因为需求不足、学艺难度大等诸多原因，能甘于寂寞并将造桥坚持下去的人少之又少。

　　要让传承人真正将手中的绝活传承下去，培养出新一代的造桥师，除了加深人们对廊桥文化的认识外，还要激励传承人带徒授艺，鼓励年轻人学习造桥技艺。将传承廊桥文化作为一种特殊使命，挖掘出它蕴含着的价值，真正的融入到人们的日常生活中。现在曾师傅就在积极探索着各种传承方式，想办法将这门技艺发扬光大，更广泛地普及到大众中去。他到相关技术院校进行教学，定期做技术交流，用由简入纯的方式培养这些年轻人的兴趣。"有兴趣了，他们才会愿意加入到其中来。"曾师傅的这份苦心正是匠心最初最质朴的样子。

　　匠人们专注于心，独立从容，对照着手艺人的本真，用一辈子只做一件事的定力，精心打磨每一块木头，他们在喧闹的世界中找到了属于自己的那份宁静。在空旷的木式长廊中消融于时空中，历代造桥师们用这一块块小小的木头搭起了对生活的热爱，一代又一代的造桥师们的技艺在交错的时空中交融传承延续着，美丽的廊桥沉浮于岁月中向世人们展现着匠人们心底中绚烂的色彩……

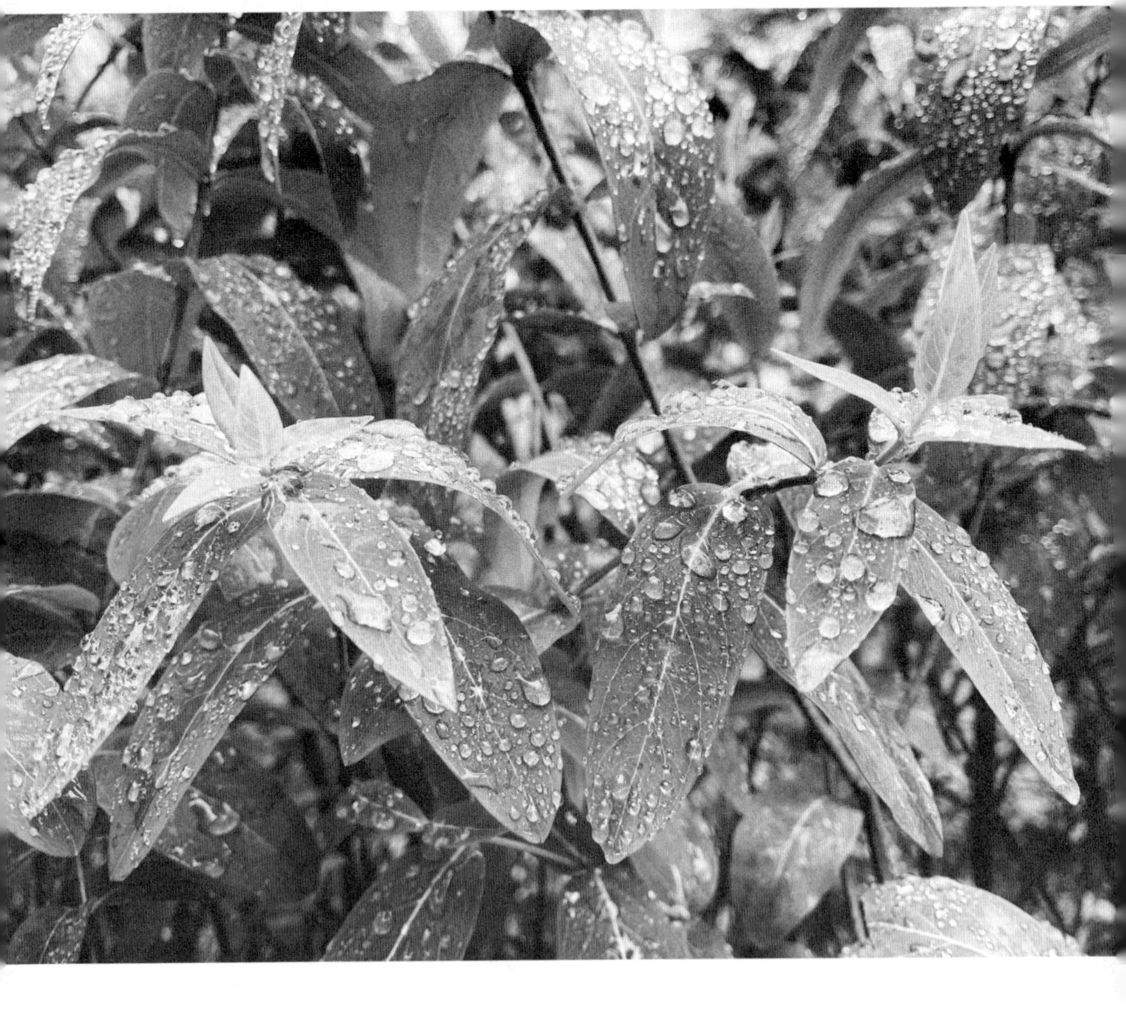

江南的雨

　　江南的雨，多情且柔软。春夏之交，我随着一场春雨来到南孔圣地——衢州。雨中的游历在一片朦胧的诗意里拉开，倘佯在廿八都这个还未被商业完全浸染，隐匿在崇山之间的原生态江南古镇。烟雨中的古镇是梦幻的，细细雨丝挥洒着浓浓的蜜意将一点一点的绿意润满了大地。一丝柔翠，一壶浓绿，送来阵阵的芬芳，那是花儿们吮吸了雨露后的肆意吟唱。

　　守着芬芳，拾级而上。石板路上染着层层青绿，脚步放慢了下来，透着小心翼翼。停驻在石桥上，远看两旁的流水人家，在烟雾的笼罩下影影绰绰，仔细望去，还能隐约地看见屋中忙碌的身影，浓浓的烟火气息里透着岁月的安闲与静好。整座小镇也显得的更加的古朴和清幽。都说细雨唤清愁，在这里，我的心却沉静了下来，往日的烦恼与琐事也被这烟雨迷蒙的景象所洗净了。

　　在桥上看风景，不知不觉自己也成了景中人。耳朵里传来《雨的印记》优美的钢琴旋律，琴声阵阵，思绪涌动。雨中看雾，雾中听雨，也算是应了这大好风景。听得一时入了神，静谧的雨丝斜斜的划落，竟把我的衣服也浸湿了。干脆关上伞，尽情地感受这雨丝温柔的抚摸。踏上幽静的小路，聆听飞檐滴落的雨声，感受烟雨下的秀美江南，难怪古今众多文人墨客的笔下都少不了雨的几笔墨色，"留得枯荷听雨声，小楼一夜听春雨……"。雨在他们的笔下尽显出了无穷的诗意，春雨带来了无限的生命力，夏雨澌灭了俗尘的埃土，秋雨婉转出了无尽的幽思，冬雨交织出了白雪的梦幻。

  枕雨入梦，嘴角不禁泛起一丝甜蜜的笑意。

叩访旧时光

　　初识筱村，是在我上初中的时候，一位同学的家乡就在那里。在我印象中，筱村，顾名思义就是一个村，和泰顺的其他村庄大同小异地拥有着宁静、古朴的特质。可同学却操着一口绵软腔调的蛮讲话告诉我，筱村其实并不是一个村，它是一个镇。我恍然大悟，觉得这个地名颇有"看山不是山"的禅味。

　　那日，我终于走进了它，当车子盘旋于公路之上，拐过一个弯道后，视线瞬时变得豁然开朗。首先跳入眼帘的是山坳处那一排排房屋，它们错落有致地隐于巍巍青山之间，一条绸缎般发亮的小溪穿梭于几排房屋中间，袅袅的雾气还未完全散去，将整个小镇笼罩在一片睡意之中，勾勒出了一幅绝美的画卷。

　　如果说筱村的远观是一幅岁月静好的水墨画，那么细品之下的它更是饱含具象。这里不仅隐卧着文兴桥、文重桥两座国宝级古廊桥，也坐落着原生态的徐岙底、库村古村落，还有从宋朝便开始流传下来的泰顺木偶戏，它们都在静静地向人们诉说着这个看似不起眼的江南小镇曾经拥有过的不凡岁月。

走进徐岙底古村落，古朴沧桑的历史气息透着斑驳的墙体扑面而来。穿于幽静的深巷中，踏着由当地产的五花卵石铺成的"双石路"，恍如进入了另一个时空。信步走进文元院、举人府、顶头厝等一座座古建筑，只见屋顶上雕梁画栋、飞檐斗角，窗镂花卉，透出昔日的繁华，工匠巧妙精湛的工艺令人连连惊叹。此时，我不禁心生疑惑，到底是谁造就了这座古村落昔日的繁华？

寻着人声而去，一位还在村中留守的老人解开了我心中的疑惑，老人告诉我，其实在徐岙居住的人姓吴而不姓徐，宋宣和年间，方腊作乱，徐震（泰顺仙居人）率兵抗寇，不幸牺牲。其灵柩扶归乡里，途经玉溪（今徐岙前之溪流）时显灵，天降甘霖，当地因久旱而欠收的田地连年丰收。乡民为纪念他便将其地称为"徐岙"，后又在村中立祠祭祀。

村落中规模较大的古民居有四座，分别是门前厝、举人府、文元院和顶头厝。文元院位于顶头厝的正前方，为吴存经所建。吴存经于清乾隆甲戌年（1754）取入县学，庚寅年（1770）成为附贡生。至今门楼檐下仍悬着其立的"文元"匾。文元的门槛虽已光华不再，但"一盏灯火夜深红，猛着心时不计工。他日风云能际会，定应平地步蟾宫。"一首《南窗夜读》仍依稀透出故人胸怀大志的一片豪情。

移步文元院的左前方，从幽深的长巷走入举人府的四合大院，这座大院的主人为吴永枫，一个清乾隆时期的恩科武举人，站在四合大院里，听着老人的讲述，恍惚间我仿佛看到了一个身着长衫的背影在这片四方大院中舞刀弄剑，这里的每一块石头、每一根柱子都让人感受到了吴氏家族昔日的辉煌，而如今这一片凋敝荒芜的景象让人心生感慨。

谢别过老人，前往吴氏宗祠看泰顺木偶戏，方言也叫柴头戏，我到时大厅里已被坐得满满当当，舞台上正演着经典曲目《三打白骨精》。密集的鼓点声落下来，孙悟空、白骨精，木偶们与台布后的演员们似乎已融为了一体，每只木偶的每个关节上都连着线，每个手指都可以灵巧地活动起来。他们脸上的表情栩栩如生，妆发精致得如同真人一般，跟随着演员们的每个提拉动作，伴着乐曲行走、跳跃、翩翩起舞，台下的观众看得目瞪口呆，连声叫好。

淳朴的乡音传唱着的是世代流传下来的生活印记，绵绵不绝地吟唱与这古老的一石柱交相辉映，变成了一部沧桑的史记，据悉，明清时期，泰顺木偶戏盛况空前，木偶剧团达108个。据泰顺民间三魁、筱村、泗溪的有关宗谱记载："宋代已有木偶戏，南宋时曾赴临安演出，至清代末期全县有120多家戏班。"同时还出现了木偶世家，周德家传木偶戏已有13代，黄宗衙家传已有12代。这些技艺传承人在这片土地上坚守着祖辈们留下的古老技艺一代又一代地唱响着属于他们的史诗。

经过岁月洗礼过的筱村宛如一颗山间的明珠，岁月并未使它黯淡失色，反而让它更添光辉，历经沧桑的古村落古韵隽永，它见证了新与旧的交替，也让这个江南小镇散发着无尽的古韵芬芳……

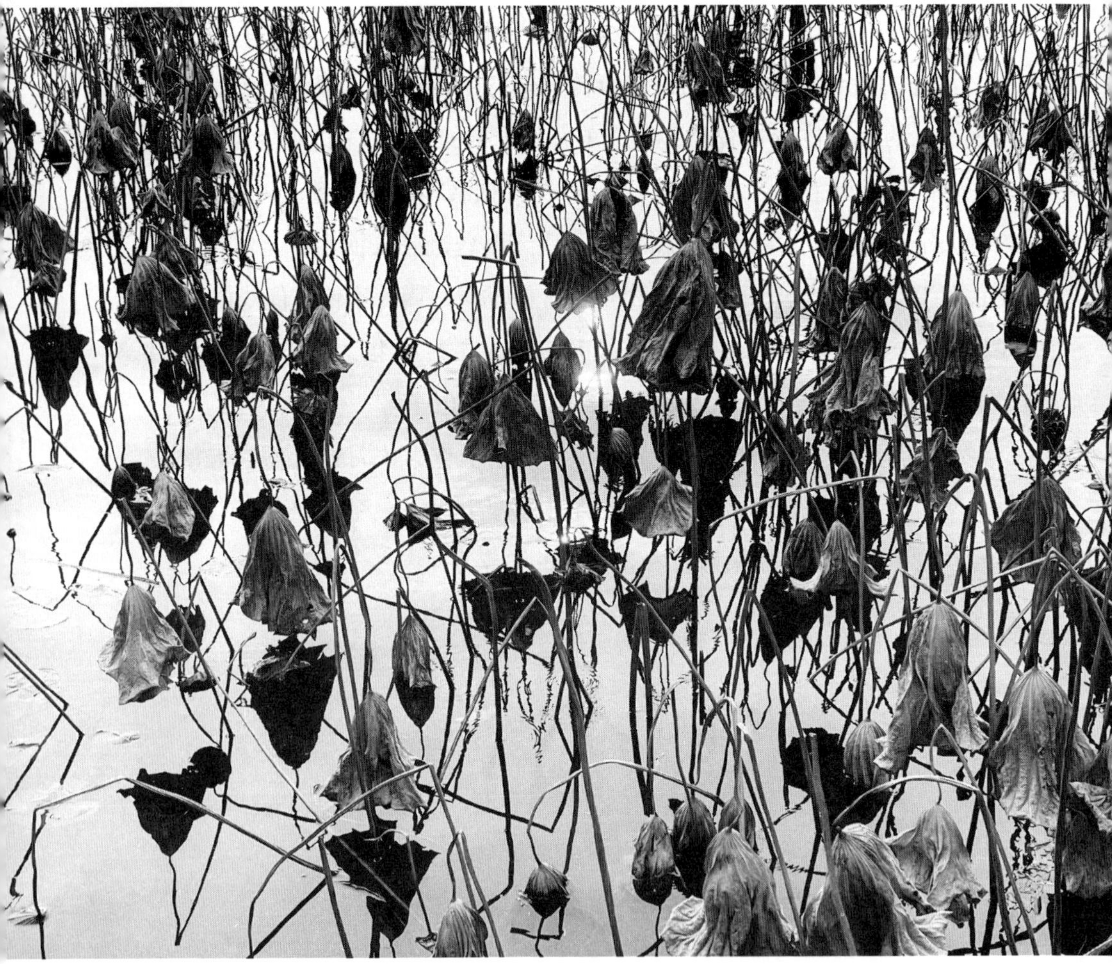

第五辑　素心向阳，语笑嫣然

亲爱的，那个总说忙的男人其实不爱你

　　这世界上有一种爱叫秒回你的信息，有一种眼神叫作他的眼里只有你，有一种美好叫作不期而至，有一种恰好叫作恰好我也在想你，但却从来没有一种爱叫作"亲爱的，我很忙，请你自己一边玩去。"

　　在爱情这部情景剧里总是承载着情侣们太多的患得患失，我们都希望自己都能拥有一份完美无瑕璞玉般的爱情，以至于有时我们总是会太过沉浸于自己所营造的那个五彩缤纷的爱情泡泡中，掩盖了当泡泡的张力不均匀时就会破灭的真相，也忘记了其实在爱情里的我们从来不会缺乏耐心和时间，爱是情不自禁，是一刻不见如隔三秋，是辗转难眠，是跨越千山万水都要来见你。那个嘴里老是说着我很忙，没空陪你的男人，充其量不过是他不爱你却又狠不下心来说分手的胆小鬼罢了。

　　情人节那天晚上，我在家刚吃过晚饭，就听到门铃大作。我开门一看，原来是我的朋友晓楠。她眼睛红红的拎着一只凤梨和一碗面站在我家门口，花掉的妆让她的脸看上去像个调色盘。看到她失魂落魄的样子我不禁惊呼："你这是什么情况？"一边赶紧拉她进门。

进门后她一言不发，只是默默地看着手中的凤梨和面发呆。过了许久，她才喃喃地吐出一句："这些都是他最喜欢吃的，可是现在面糊了，他不要了。"说完，两行泪又落了下来。我知道她肯定是和男朋友吵架了。"两个人吵吵架很正常，今天这么好的日子可不能被坏心情给破坏了，我陪你喝一杯，咱们边喝边聊。"我一边说着一边打开了一瓶红酒。

晓楠接过酒杯，仰头就干了。我被她这豪爽的举动给震住了，平时酒量欠佳的她还真是受刺激了。我们俩一杯接着一杯，很快，她的脸颊上飞起了两朵红霞。她醉眼惺忪地问我："你说我对他好不好？"我的头点得像捣蒜似的。她苦笑了一声，"是啊，你说我对他那么好，可他还是要和我分手。平时他总说忙，我都不敢去打扰他，有什么不开心的都自己消化，就连上次摔伤去医院，我打电话给他，他说在开会，我怕影响他工作，都瞒着他自己去的医院。可是，这一切原来都是我自己在自作多情，他是忙，只是对我一个人而言。"说完她又干了一杯酒。

"要分手这么严重？""我也不想分啊，可是人家的真爱回来了。呵呵……""那个前女友？""是啊，现任输给了前任，好老套的剧情吧！说到底，我做了人家两年的备胎！"晓楠情绪激动了起来，她有点醉了。我似乎都能听得到她此刻心碎的声音。

她和那个男人在一起两年，这两年里，她对这份感情的付出我们都看在眼里，可是那个男人的表现并没有让人感觉他有那么爱她。可以说从一开始他们两人在这份情感关系中就是完全不对等的。男人很大男子主义，两人一起出去吃饭，晓楠都是贴心的为对方烫好碗筷，甚至点菜也是迁就对方的口味。对方的一点小小的关怀就能让晓楠感恩戴德。

一开始，对于男友这种忙碌的常态晓楠并不是没有抗议过，可是对方却以我还不都是为了以后能给你创造更好的生活这样的说辞给轻松地搪塞了过去，还说得晓楠心怀愧疚，觉得自己真是太不懂事了，于是更加倍的对他好，洗衣做饭送宵夜都不在话下，身边的朋友都笑称对方找了个免费保姆。

其实当时我们几个闺蜜就委婉地提醒过她,这样的男人真的是你想要的吗?但可能是当局者迷吧,爱得越深的那个人就越容易迷失自我,在这段感情中她就跟着了魔一般的,拼劲全力,对对方无条件的妥协,以卑微地姿态爱着。正如张爱玲所描述的那样,她爱得已低入了尘埃里。因为她始终相信这个男人还是爱着她的,他没空陪她,真的是因为他太忙了,忙着为他们的未来打拼。

直到情人节这天,男友说要加班没空陪她过节,晓楠贴心地为他准备了宵夜去给他时,却发现办公室里一片漆黑,其实根本没有什么加班。晓楠颤抖地掏出手机给男友打电话,心存侥幸地等待他给出一个合理的答案,可人家干脆摆出一副破罐子破摔的嘴脸对她说:"你知道了正好,我还在想着该怎么开口呢,我前女友回来了,我准备和她结婚了。对不起!"

晓楠这才幡然醒悟了过来,一直以来,她所扮演的只是舞台上的B角,无论她再怎么拼了命地去想演好这台戏,却也无法盖住A角的锋芒去取代她的位置,自己最多只是在A角偶尔空缺时的替补。

一年后,晓楠终于从这段阴影里走了出来。而带她离开那个情感旋涡的是一个体贴暖男S,她在微信里和我喋喋不休地诉说着S对她的好,让我看到了她在爱情里最美的模样。"最重要的一点就是他对我永远都有空,无论他在干嘛,只要我想见他,他就一定会想办法来见我。和他在一起,我很有安全感。"我看到正在输入的对话框里打出了这么一大段话。

再次见到晓楠时,我看到那个快乐自信的她又回来了。饭桌上,S为她端茶倒水,夹菜剥虾壳,这一些细微的动作里透着尽是对晓楠满满的爱意。大家在聊天的时候,男生风趣幽默又不露锋芒的说话方式立马就赢得了众人的好感,他恰到好处地展现出自己的个人魅力,让整个场子变得热络了起来。最重要的是当晓楠说话时,他就在一旁静静地听着,并带着一丝宠溺的笑容看着她，一双眼睛里只有她的存在。这一切都让人似曾相识，只是今天所有的角色都互换了。

去洗手间补妆的时候，我开心的和晓楠说："看得出来他真的是很爱你！"晓楠回了我一个俏皮的笑脸，脸上的幸福不言而喻。那朵沉重的乌云显然已经从她的心里飘走了。

爱情就是恰似寒光遇朝阳，当你遇上对的人时，所有的阴云密布都会转身离开。那些悲欢的姿势都会在恰逢其时里落地生根，发芽开花，结出一种叫作幸福的果实。

当爱上一个人时，再高冷的人也会不自觉地变得琐碎起来。你会想和对方去分享生活中的每件小事，你今天穿什么衣服，吃了什么东西，路上的每一帧美景，你心里所有的小情绪……都会迫不及待地想要和对方分享。在爱情里，理性这东西只是秋水长天船桨划过水面时漾起的一丝涟漪而已，有过痕迹却毫无分量。

外表沉默寡言最怕肉麻的王小波在面对他的爱人李银河时内心却像整个银河系那么绚烂多彩，对她炽热的爱像火山一样磅礴而发。他竟然说出了"你要是愿意，我就永远爱你，你要不愿意，我就永远相思"这么肉麻的话来。如果一个人爱你，是一定舍不得冷落你的。你微笑时，他会想和你一起将快乐品尝；你悲伤时，他会想将你紧紧拥抱在怀里；你幸福时，他会想在月光中吻你。

那个曾陪伴丈夫王珂走出绝境的坚韧女子刘涛亦是向世人展现出了她对丈夫不离不弃的爱。不管对方是破产还是病痛，她始终陪伴在对方的身边，在忙碌与爱情中周旋，终于迎来了柳暗花明又一村的人生新篇章。

金星老师曾说过："陪伴是最长情的告白，不管曾经追的人有几个，到最后一直愿意陪在你身边的，而你又愿意慢慢接受的才是最好的，那些追到中途走的人，也都将成为不对的人，时间也将为你带来对的人。"

爱最美的方式就是牵着对方的手在平淡琐碎中慢慢地虚度时光。爱你便是愿用岁月守护于你，爱需要的是一种实实在在的陪伴。一份好的爱情会催人奋进，它会让你更加夺目，但绝对不会让你低入尘埃，失去了自己。于你，最美的情话无非就是那句：你回家了吗？我在等你呢！

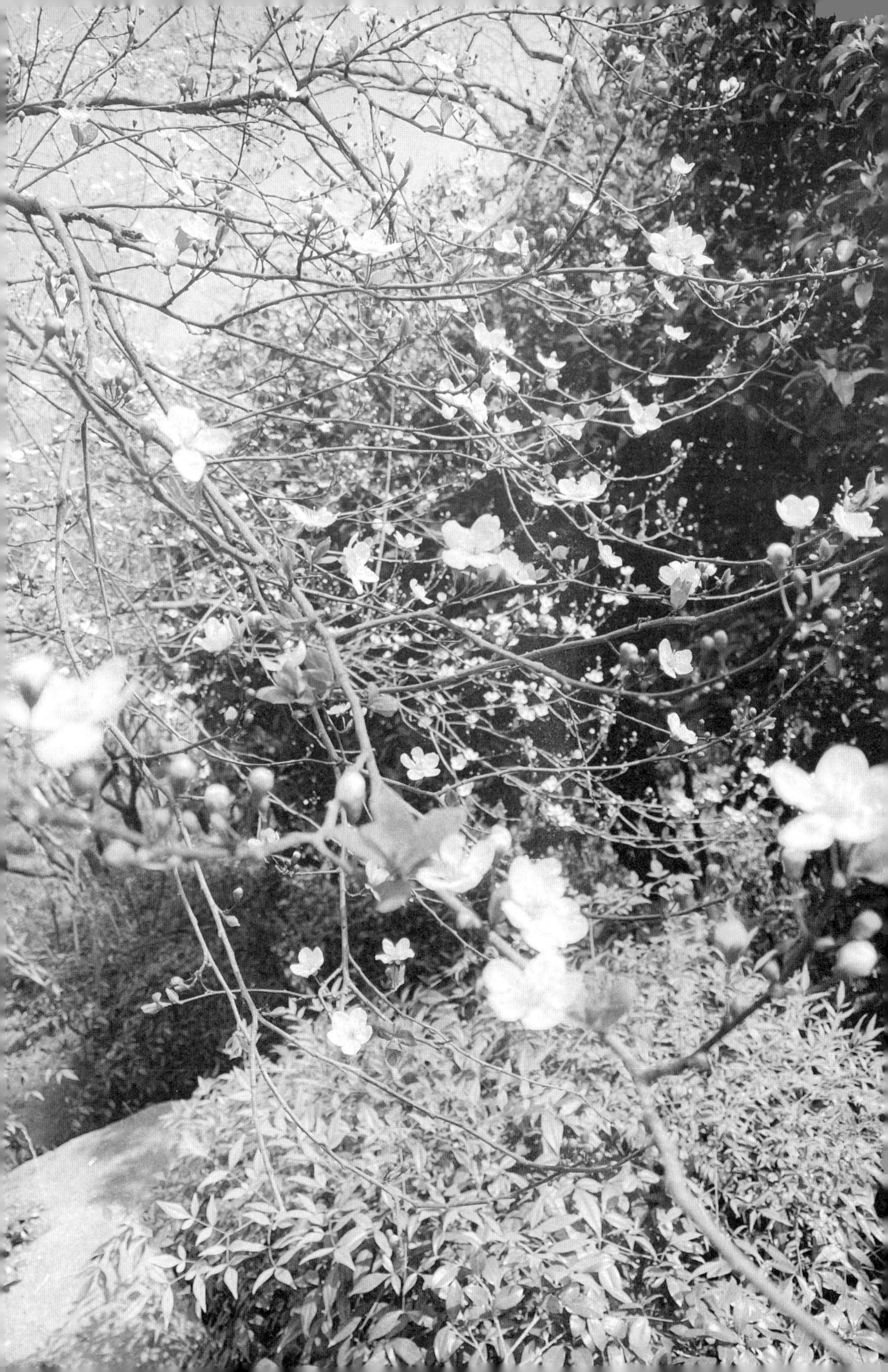

在钝感中感知生活的花语

　　听到钝感力这个词大概是在好多年前的一本书上，著名作家渡边淳一说"凡是收获幸福、取得成功的那些人，大多数都是迟钝的人。"迟钝在汉语词典里并不是一个褒义词，一个人如果在生活中反应迟钝，也是会被人诟病的，觉得这人脑子不好用。相反，机灵反应迅速的人在生活中更吃得开。但是我们这只是从利他的角度去看，社会是群体性的社会，对一个人的要求讲得更多的是融入，适应群体性的环境，而个人的需求就直接被弱化甚至是忽略了。

　　钝感的反义词是敏感，如果从个人的角度上去理解它，让两者之间相互比较，看看它又会怎样的表现呢？天生敏感的人可能更容易获得一些艺术的创造力，他们对身边的一切都是获取。更注重生活中的细节。但成也萧何败也萧何，这些敏感也同样的在侵蚀着他们的内心。

　　他们总是过分在意别人对自己的评价，很容易被外界的声音所影响，在遭受伤害时，它的伤害值也会被放大许多倍，因为许多的伤害都是来自自己的否定与质疑。在实现目标时，这些细碎的一切都将成为藤蔓拖累着前进的脚步。

　　如果对外界的环境都不加筛选的全盘接受，不但不会给生活加分，反而会给人带来很多的困扰，搞不好最后落个神经衰弱的病根。而钝感的人可能更能让自己保持一种专注力，他们像是天生就有一个开关，把一些部分关闭了，但殊不知这其实是他们的保护色。因为他们在一部分的迟钝中获得新的灵感，在嘈杂的环境中发现自我，过滤掉许多杂乱，沉下心去完成自己的目标。

　　我有一个朋友一直很喜欢画画，以前因为种种原因没能进入到专业院校去学习，但在她的心里一直藏着一个画家梦。繁忙的工作之余，她一直坚持学习画画，身边的许多人都对她冷嘲热讽的，觉得她有些不务正业，甚至是异想天开。

　　面对众人的嘲笑与不理解，她没有过多解释，只是在下班后依然推掉同事们的聚会，回到家窝在几平米的出租房内不停地画。几年后，她出版了自己的第一本漫画。这让所有曾经质疑过她的人都闭上了嘴巴，对她来说这是一份时光对于她的坚持所馈赠的礼物。

　　无视于纷扰的喧嚣，保持一份静默，专注于自己的世界，精心雕琢，这也源自于一份沉着的自信。相信自己所坚持的，在希望中浇灌花朵，花朵也终将绽放美丽。这个故事似乎是月亮与六便士的现实改良版，也是钝感力的一种体现。

　　想要不去在意别人眼光，就要多关注自我内心的需求，尝试与自我对话，尝试更加了解自我，我觉得钝感力这个名词想表达的意思其实和中国大智若愚这个词语所表达出来的是一个意思吧！

　　所以在这个世界里保持一种钝感，我觉得这也是一种自我保护。就如渡边淳一所说的那样，"这个世界不过是一场生存游戏，所以必须要有顽强的意志。拥有对大多数事物不气馁的钝感力，就是在现代最大的智慧。"

以自己喜欢的方式过一生,那才不是将就

　　木心曾说过:"我曾见过的生命,都只是行过,无所谓完成。"生命中的行进是由我们的无数个选择组成,有的人习惯于随波逐流,安于天命,有些人则逆流而上,不屈从于命运。他们因为不同的选择,而有了截然不同的人生际遇。那些不将就的人,以欢喜守护岁月,拓展着生命的宽度,最终成为了时光的逆旅人,勾勒出了最灿烂的自己。我的朋友松子便是其中的一个。

　　松子是一位时装设计师,我们相识于一个服装发布会上,那时她还是一个初出茅庐的设计师,而我也只是一个刚踏入媒体的一个职场小白。那是她第一次带着自己独立设计的成衣系列去面对众多口味挑剔的加盟商。发布会现场模特们化着夸张的妆容,穿着夏之风主题的美衣穿梭在流光溢彩的舞台上,让整个舞台大放光彩。

　　谢幕的时候,她牵着模特的手从后台缓缓走来,脸上挂着笃定的微笑,正是那个笑容打动了我。发布会很成功,她以她独创新颖的设计理念拿下了这些难啃的订单,订货会上络绎不绝的订单让她的老板笑得合不拢

嘴。她也因为这次的设计一炮走红,打响了业内的知名度。而我当时却不知道这个幸运儿曾经吃了多少苦碰了多少壁才走到了今天的这个舞台上,这一步步走得如此的艰难。

在这之前,她其实并不是一个被上天眷顾的人,她的人生轨迹甚至是可以用不幸这两个字来概括。她的家境贫寒,父母都是老实巴交的农民,父亲在她18岁的时候得了一场重病,花光了家里的所有积蓄,第二年,母亲因为不堪忍受生活的苦困和重担,带走了她的弟弟一走了之从此杳无音信。

家里只剩下瘫痪在床的父亲和年迈的奶奶,她稚嫩的肩膀无奈的挑起了这个摇摇欲坠的家。为了更好地照顾父亲,她办了休学手续,辍学在家,肩负起了照顾父亲的责任。不幸的是父亲还是离开了她,过了半年,年迈的奶奶因丧子之痛卧病在床,不久也撒手人寰了。曾经的家突然就孤零零的剩下了她一个人。

她像一片孤叶,不知道她未来该飘向哪里。在做了短暂的停留后她又重新回到了久违的校园,一边在学校旁的一家画廊里勤工俭学,一边继续学业。有些人一生下来,上天就赋予了她在某一方面的宝藏,在某个恰好的时机,触开机关,便会开启整片宝藏。而她的宝藏则是绘画的天赋。

在画廊里,她对着这些五彩的丹青从心底生出异样的欢喜,看着这些画,她不由自主得想去亲近它们,等画廊空闲下来时,她就对着它们在废纸上临摹练习。画廊的老板看到她的临摹作品,一边惊讶于她的天赋,一边也深深地被她对绘画的执着和热爱所打动,于是介绍她到一个开绘画班的朋友那帮忙,顺便让她免费学习绘画。她欣喜若狂,于是更加刻苦地努力练基本功。她没日没夜地画,嘀嗒的时针一分一秒的带走了光阴,她的绘画水平也在突飞猛进。

高中毕业后,她进入了一家服装厂做了一名普通的服装打版女工。她暂时把她的爱好隐藏了起来,但她并没有放弃,一空下来就拿出笔涂涂画画。休息间隙，宿舍里，工厂旁边的麦田里都留下了她刻苦的身影。她结合自己的打版专业，用丰富的自己想象力将旭日下金色的麦田、刚吐出嫩芽的新枝，娇艳缤纷的花朵变成了画板上那一件件美轮美奂的霓裳羽衣。她偷偷地将画布上的作品剪裁出了一件成衣。

机会总是留给有准备的人，也许是她经历了太多的不幸，这次，幸运之神终于眷顾了她，那天，服装厂的一个大客户在车间看样时，发现了这件她没来得及收起来的设计作品，他一眼便看中了，当即决定要下大单定做。陪同的人员问这是哪个设计师的作品？她怯怯地指了指自己。

所有的人都诧异地看着她，实在不敢相信一个小小的打版师居然能设计出如此不凡的衣服。直到她拿出了自己的手稿，所有的人都对她钦佩地竖起了大拇指。那个客户指名要她设计下一季的系列产品，从那天开始，她的人生才真正的开始逆袭，开始了她的设计师之路。

这些事如果不是亲耳听到她从口里说出来，我真的会以为是电视里上演的狗血八点档，她轻描淡写地说着那些事情，像在说别人的故事。

很难想象这个长着一张娃娃脸，脸上带着倔强的女孩竟然独自一人熬过了那些苦难的岁月，令人庆幸的是她不仅没有被打倒，而是拿出安之若素的态度，用坚韧去对抗不幸，不断地去尝试追求自己的梦想，演绎出了精彩的人生篇章。

许多人遭遇不幸时，总是会怨天尤人，为自己的不努力找借口，于是庸庸碌碌的将就着过了一生，殊不知，想要将沙砾蜕变成闪耀的珍珠，必要经历磨砺的痛苦。唯有从容不迫，清风将会自来。

余生很短,在通往自由的路上你还有多长

  周末的时候我去看刚生完孩子的闺蜜小雅。宝宝很可爱,小雅疲惫的脸上洋溢的尽是满满的幸福。她的老公在一旁忙得不亦乐乎,一会给小雅端茶倒水,一会问她饿不饿?想吃点什么?婆婆则在一旁细心地给孩子换着尿布。从这些体贴入微的细节来看,他的老公是真的很爱她。就在这边上演着一家人其乐融融的温情画面时,隔壁床孕妇和老公一家人的争吵像一个不和谐的音符打破了这份宁静。
  趁着孕妇的家人都走开时,小雅让老公给正在抽泣的她拿了点水果,一边安慰她让她注意身体别太难过。孕妇向小雅道完谢后伤心地告诉我们刚才他们发生争吵的原委,医生说她的胎位有点不太正,顺产可能会有些困难,所以和他们建议最好做剖腹产。但公婆却觉得剖腹产对孩子不好,硬是不同意。
  她很生气,因为她知道公婆不同意剖腹产其实是因为钱的问题。剖腹产的费用要比顺产贵一半多,他们舍不得花那个钱,所以才坚持要她顺产。可是其实他们家里并不缺钱,他们是近郊农民,"这次拆迁完有一大

笔钱好分呢！可是他们连这点钱都舍不得花，说起来这钱也有我和孩子的份！"孕妇愤愤地说道。她当初放弃了家乡青梅竹马的恋人，选择和她老公结婚，还背上了负心和拜金的坏名声，无非就是想过上更好的日子，因为她的娘家很穷，她穷怕了，所以从小就立志要嫁个有钱人来摆脱贫穷。可人算不如天算，没想到这家人竟然这么抠！平时在家抠也就算了，可现在连生个孩子都不能自己做主，她真的是把肠子都悔青了，她一连说了三句："我真的很想和他离婚。"

小雅问："那你的老公呢？他也不同意吗？"孕妇无奈地叹了口气说他什么都只知道听他爸妈的。对于公婆的坚持，这个妈宝男选择了沉默。他的态度真的让她心灰意冷了，但当孕妇的公婆回来时，孕妇马上便停了嘴，等她的公婆再次询问她的意见时，她一改刚才的态度，选择了默认。她懦弱的表现让在一旁的我们看了直咋舌。很显然，就算她公婆和老公对她再怎么不好，她以后也不会轻易地去选择离婚。因为她把她的整个人生都押在了这个男人身上，她已经输不起了！

孕妇脸上的愁云和一脸幸福的小雅成了鲜明的对比。在这个特殊时期，无论在心理和生理上，孕妇都是最需要得到家人的关爱和支持的，她的遭遇是不幸的，可是她这狗血的人生又怪得了谁呢？因为今天的这一切都是她自己的选择。

著名哲学家托尔斯泰曾说过："幸福的人都是相似的，不幸的人各有各的不幸。"当这个孕妇抛弃真爱去妄想选择依靠别人而改变自己的生活时，那么她的处境便可想而知。如果当一个人连自己生活的主动权都丧失的时候，很难想象在别人眼里还能保留有多少的自尊。于是人的底线会一降再降，直到最后变得没有底线为止。渐渐地，他们便活成了一个任人摆布、没有思想的玩偶。

我们每个人在一生中总会经历许多大大小小的选择。很多时候，坚定内心，看清真相，并不是一件很容易的事。因为我们在选择时会被许多的事物所干扰，有些人会被物质所诱惑，有些人会被生活所拖累最终不得不做出了妥协。因为毕竟放弃比坚持要容易得多！而有些人无论在面对生活的逆境或迷茫时，却总能坚守着自己的一颗初心，逆流而上，不屈从于命运，最终过上了自己理想中的生活。

　　一上班我就接到了我的大学同学沐歌打来的电话。她在电话那头兴奋地大叫："成啦！快恭喜我吧！"我一头雾水地问她："什么成了？""我设计的衣服被一个大客户给看上了，他说要定一个系列。"沐歌开心地说道，能感觉到她已经快乐得飞起了。"哎呀！那真是太棒了！一定要好好庆祝一下。""好。下班海底捞见！我请你大吃大喝。"这个平日里一块钱都掰着花的铁公鸡居然也要大出血了，看来真是乐疯了。不过，听到这个好消息，我也发自内心的替她感到高兴，因为我知道她等这一刻已经等了好久。

　　我想起六年前那个寒冬里的夜晚，我和她窝在一间狭小简陋的农民房里彻夜长谈，当时我们聊了很多，从八卦谈到了难以预知的未来，她突然侧过头问我："如果你的生命只剩下一个星期，那你最想做什么事？"我愣了一下说："做自己喜欢做的事啊！你呢？"

　　我看到她在黑暗里的眼睛闪闪发着光，脸上带着狡黠的笑容说道："我想做个超级超级有名的设计师，像香奈儿女士那样将经典流传下去。"我大笑着说："看不出你的野心真够大的！好啊，等你火了后，别忘了带我嗨啊。"她说"没问题！"说完又补了一句："我会努力的！"

　　那时候我们还只是两个初出茅庐的职场小白。而后来的日子，我看到了她真的是很努力地在践行着自己的诺言。眼看着她从一个默默无闻的实习生到设计师助理到能独立设计，再到今天的首席设计师，这一步步走来，她经历了许多的困难与艰辛，但她还是坚持了下来，虽然这离她的梦想还很远，但她正以坚定的步伐在往她的梦想和喜欢的生活迈进，今天她离她的梦想又靠近了一步。

生命中的行进是由我们的无数个选择组成,有的人习惯于随波逐流,安于天命,还有一些人以许三多那种一根筋的心态去坚持着自己的梦想。

我们生活在一个功利的时代,物质、欲望、虚荣等一切环绕着我们,浸入我们的身体和灵魂,影响着我们的内心,让我们忘记了自己心中最珍贵的模样,我们的物质生活越来越好,却缺失了一颗返璞归真的本心。不过令人开心的是现在越来越多的人似乎已经意识到了这一点,他们重新开始正视自己的内心,从浮躁中抽离出来,找回自己的喜好,认真思考什么才是自己真正喜欢的生活。

前段时间,央视有一部大热的纪录片《我在故宫修文物》,这部片子让匠心精神这一词又重新回归到了人们的生活里。很多人在做一件事时,往往会带着很强的功利性,我做这件事要付出多少精力?我又会得到什么?而这些文物的守护者却反其道而行,远离于浮世的喧嚣,不计较于名利,只为了内心一份执着的欢喜去安静地做一件事。

他们在时光里沉浸于自己热爱的事业中,过着朴实却又不凡的生活。就如故宫木器修复师屈峰所说,这也是一种修行。中国古人讲究格物,以自身来观物,又以物来观己,他们正是把这份执着注入自己的血液里,把生命的终极命题交给了热爱。

他们日复一日地打磨着时光,嘀嗒的时针一分一秒地带走了光阴,也带给了他们内心的祥和与平静。他们是幸福的,因为他们遵从了内心,以欢喜为原动力,选择了自己喜欢的生活方式,而不是庸庸碌碌地将就地了却一生。

又如一生为舞如痴如狂的雀之灵杨丽萍一般,她去浮求真,用一辈子只做一件事的执着,用匠心精神去打磨舞蹈的每一个细节动作,将灵魂注入舞蹈,最终诞生了美得无与伦比的旷世之作《雀之灵》。再看看那些成功人士,他们其实和我们也并没有什么区别,他们可能也曾经和你我一样挤过地铁,租过房子,啃过馒头,唯一不同的可能是他们选择了从心而行，抛开命运之枷锁，并为它披荆斩棘，最终绽开了自由的花朵。

快乐的原动力源自于喜欢，当一个人去做一件他们从内心生出欢喜的事时，他们完全不需要向世人炫耀自己的存在感，因为他们的内心早已被丰富的灵魂所填满。在遵从着自己的内心，过着自己喜欢的生活时，他便会自我消融于这无限的平静之中，真正的实现了自由与本我。

人的一生会因为他们不同的选择，而有截然不同的人生际遇。如果想要将沙砾蜕变成闪耀的珍珠，必要经历那磨砺的痛苦。唯有从容不迫，清风才会自来。那些不将就的人，以欢喜守护岁月，拓展着生命的宽度，终将会成为时光的逆旅人，勾勒出最灿烂的自己。

此时已莺飞草长，爱的人正在路上

　　四月的天空依旧明朗得耀眼，与闺蜜漫步苏堤，随处可见一对对偎依相伴的可人儿。虽然戴着口罩看不清他们的面目，但那股甜腻劲已经透着这满湖的春色泛滥开来。闺蜜痴痴地望着小年轻们，眼里满是羡慕嫉妒恨。"不要羡慕啦！赶紧找个男人从了吧！"我打趣道。

　　"那也得要碰到合适的啊，不然宁可一辈子单身。"闺蜜白了我一眼。

　　闺蜜从小到大一直都是人家嘴里别人家的孩子，从学霸到女强人，她的人生像是开了挂似的，唯一遗憾的就是她在感情路上一直走得很坎坷。不是她看得上的已经名草有主了，就是看上她的她不喜欢。

　　有一次实在经不住家里人烦，去相亲了。对方是个程序员，是杭州人，很有教养，对她也不错。于是她抱着试试的心态去交往了一个月，在男方向她求婚之际落荒而逃了，落了个渣女的称号，于是她发誓以后再也不相亲了。在这之后，宁缺毋滥这几个字成为了她万年空窗的挡箭牌。可是寻找真爱又哪有这么简单呢。

　　木心说爱情，亦三种境界耳。少年出乎好奇，青年在于审美，中年归向求知。老之将至，义无反顾。很多成年人的感情多是精于算计的，两人一坐下来，便早已摸清了对方的综合实力，再进行打分比较。婚姻更像变成了一种亲密的合作关系。爱情在家长里短里无非成了一种没有实用价值的装饰品，但我的闺蜜却始终对情感有着近乎苛刻般的固执，她坚信爱情是纯净美好的，不可掺有一丝杂质。

她向往着三毛与荷西的心有灵犀，杨绛与钱钟书的相濡以沫，王小波与李银河之间的清透与敞亮。在这个薄情的世界里深情地爱着，这也是一种对生活热烈的诠释。

她说我不害怕孤独终老，我怕的是两人相对无言，一起孤独终老。乍一听觉得两个人在一起怎么可能孤独终老呢？再细想一下，如果两个人的心没有交流，可不就变成了两座孤岛了嘛。冷漠的冰山比一个人的孤独来得更可怕。我于是慢慢地理解了她的想法。人的一生太过短暂，不必为了旁人的流言蜚语而去将就地过一生。低头皇冠会掉，所以要高昂起头，闪耀地向前迈步，你所爱的那个人也许也正向你奔来。

流浪在这沉浮的世界里——解读三毛逸事

"心,若没有栖息的地方,到哪里都是流浪。"三毛没想到她说的这句话竟一语中的,成了自己一生的映照。三毛的一生向往自由,像一块浮萍,在这诺大的世界里苦苦寻找着属于自己的心灵寄托。她的内心像一个不谙世事的小女孩般的天真,对这个世界充满了未可知的好奇,她从小就知道自己和其他小孩子不一样。当别的小孩子还搓着泥巴在地上打滚或是玩着过家家游戏时,她却担当着一个旁观者的角度,将自己与他们深深地隔离开来。

两岁时,她在重庆的家附近有一座荒坟场。小孩子们都不敢往那走,大人也经常吓唬他们,说那里有鬼。可她却跟缺心眼似的,一个人跑去那玩泥巴,经常一呆就是一下午。其他孩子们一边在心底暗自惊叹她的胆大包天,在嘴巴上却不依不饶地说她真是个怪人,也更不敢去亲近她了。渐渐地也没有小伙伴找她玩了。小小的她第一次真真切切地感受到了孤独为何滋味,但她倒也乐得清静。

三毛的身上从小便有一股与生俱来的狠劲,这种狠劲在于她对于这个世界不一样的体会。有一次,重庆老家过年时大人们在杀羊,其他的小孩早就受不了这血腥的场面,早早地逃了,她却饶有兴趣地从头到尾看完了杀羊的整个过程,脸上没有一丝惊恐,却流露出了一种平和、释然。也许那时在她小小的身躯里便埋下了对生命、死亡的不同理解,在她的眼里死亡只是生命的另一种呈现方式。

那时重庆的每户人家厨房地里都埋着一只大水缸,大人们怕孩子掉进水缸,都明令禁止小孩们靠近水缸,其他的孩子都谨遵教诲,都离那只黑沉沉的大水缸远远的,可三毛却偏偏敢于挑战大人们的权威,干出一些让人大跌眼镜的事来。

有一天大家正在吃饭,唯独缺了三毛。大家突然听到厨房传来一阵激烈的打水声,大人们一听坏了,扔下碗筷撒腿便朝厨房奔去。等大家冲到水缸旁时,发现三毛就在水缸里。她头朝下,脚在水面上拼命打水。水缸很深,比她的人还高。她居然用双手撑着缸底,这样她才能勉强够得到水面,用她的小脚拍打着水面发出声音,好通知大人们来救她。当大人们拉着她的脚把她提揪出来时,大人们都被吓坏了,她却跟个没事人似的,擦了擦脸上的水说:"感谢耶稣基督。"说完就吐了一口水出来。

从那次之后,三毛对生命的意义有了更深刻的理解。她以更淡然的姿态面对着自己生活中的各种意外遭遇。有一次,她骑脚踏车不小心掉到了一口废井里,摔得两边的膝盖露出了白花花的骨头,脚上的剧痛也没有拖垮她的意志,她来不及察看自己的伤势,咬着牙憋着一股狠劲,终于爬了出去,待到亮处,她看到了膝盖上的两块肉咧着阴森森的骨头时,才咧着嘴说道:"咦,烂肉裹的一层油原来就是脂肪,好看好看!"可能正是三毛这种看似缺心眼的洒脱,才让日后的她随性地流浪在荒芜的大漠之中。试想一下,如果她是一个林黛玉似的人物性格,恐怕这些流浪便无从谈起了吧!

弗洛伊德说:一个人幼年的经历会影响他以后的人生和生活,即便他并不记得曾发生过什么，但那些记忆却都藏在潜意识里。三毛出生时，正是战火纷飞的年代。1943年3月26日，一个皮肤有些黝黑，瘦小的女婴降生在了重庆黄角桠的一个普通知识分子家庭。她的父亲为这个女婴取名为陈懋平，这个名字后来被三毛嫌弃懋字太难写，便擅自作主改为了陈平。

三毛的父亲陈嗣庆是苏州东吴大学法律系毕业的高材生，之前在上海做教书先生。与她的母亲缪进兰相遇时，母亲还是一名新闻系的学生，她比三毛的父亲小一岁。初识她的父亲，便被他的博学和不凡的谈吐所深深地吸引。爱情的花朵就此在两人的心间悄悄地绽放。

一见才子误终生说的便是三毛的母亲，陷入了爱河的缪进兰毅然地放弃了学业，转头驶进了她爱情的港湾，把她成为独立女性的可能性扼杀在摇篮里，安分守己地做起了陈太太。母亲这种被爱冲昏了头的不理智行为对向来崇尚女性独立的三毛来说是十分不赞同的。她觉得母亲当年如果继续学业，应该会有更广阔的天地，而不是像现在一样每天不是照看着一家老小的生活起居，就是围着灶台忙个不停，完全消失自我的家庭主妇。

尤其是听到母亲对自己曾说过的你们爸爸，是不够爱我的这句话，给当时年幼的三毛带来不小的打击。她为母亲感到不值，她时常在想母亲后悔过吗？应该有过吧！不然怎么会说出如此灰心的话来？但三毛觉得母亲还是幸福的，因为她的一生都在热切地爱着这个男人。

三毛在《永恒的母亲》里提到，"母亲的一生，看来平凡，但是她是伟大的，在这四十多年与父亲结合的日子里，从来没有看过一次她发怨气的样子，她是一个永远不生气的母亲。这不是因为她懦弱，相反的，这是她的坚强。四十多年来，母亲生活在"无我"的意识里，她就如一棵大树，在任何情况的风雨里，护住父亲和我们四个孩子。她从来没有讲过一次爱父亲的话，可是，一旦父亲延迟回家晚餐的时候，母亲总是叫我们孩子先吃，而她自己，硬是饿着，等待父亲的归来。一生如是。那时年少，捧书读到此处，方才知晓，爱情原来是这般模样。

长大后的三毛才看懂了父母之间这种深沉的爱，父母那个年代里的爱情更多的是在悠悠岁月里互相扶持的相濡以沫，融入彼此血液中的是日常的油米柴盐，那些花前月下早就化为一丝丝的烟火气缠绕在时光中，无法褪去。

一碗碗精心烹饪的家常小菜，每天上班前的例行送别，远行后的翘首等待，甚至是几十年以来的琐碎争吵，都是父母间爱的唱响。他们从来没有对彼此说过一句爱，但是却也从未提过分开。他们用最直白简朴的生活日常，勾画出了对彼此的爱，他们的爱像是若有若无的氧气，不知不觉中，两人早已成为了彼此生命中不可或缺的生命元素。这种爱未必是像火焰一样热烈的燃烧，却以一种细水长流的姿态迎接着生活中一个又一个的挑战。

在弟弟的婚礼上，三毛的父亲对着前来的满席宾客说出了可能是他这一生中最罗曼蒂克的表白。他说："我同时要深深感谢我的妻子。如果不是她，我不能够得到这四个诚诚恳恳、正正当当的孩子。如果不是她，我不能够拥有一个美满的家庭……"

一番几乎没有任何华丽词藻修饰的表达，一句感谢便是这个作为丈夫，作为父亲对于母亲为这个家默默付出的一切最大的感谢。坐在台下的陈母已湿了眼眶……

1948年12月16日，形势越来越动荡，三毛一家在暂离战火的重庆也不能安宁，于是三毛的父亲做了一个重大的决定。离开故乡，举家搬迁到台湾去。这个决定改变了陈家上下一家老小的命运。陈家人拿着大大小小的行李，踏上了中兴轮，开启了他们的远行之路。

当轮船起航时，他们都不约而同地望向了窗外，想把故乡的一景一物都深深地烙在脑海里，他们的心里都很清楚，这次远行是一次没有归期的路程，故乡已经渐行渐远了。三毛的母亲也不知道是不是因为浓浓的乡愁，还是对即将在台湾那片不为我们所知的土地上生活的担心和忧愁，她在轮船上吐得昏天暗地，也不知过了多久，他们在轮船的鸣笛声和母亲的呕吐声中渐渐地靠岸了。台湾的新生活正式拉开了序幕。

人之所以悲哀，是因为我们留不住岁月，更无法不承认，青春，有一日是要这么自然地消失过去。而人之可贵，也在于我们因着时光环境的改变，在生活上得到长进。岁月的流失固然是无可奈何，而人的逐渐蜕变，却又脱不出时光的力量。——三毛

三毛一直都是个敏感的人，虽然她从小就很孤僻，但她毕竟只是一个孩子，也有着许多不切实际的幻想和渴望拥有的小幸福。那时她的小幸福便是那些包彩色糖果的玻璃纸、跳绳的橡皮筋和《红楼梦》里的人物画片。这些东西对年少的三毛来说，也有着莫大的吸引力。

这些东西可以在学校外面的杂货铺里买到，或者也可以用一本写过的练习簿去换。一本用过的练习簿便可以换一颗彩色糖。吃完糖后再把包糖的纸洗干净，攒起来一叠，跟小朋友去换画片或者几根橡皮筋。那时的小学生们对这件事有着极大的热情，三毛也不例外。对写作业这件事也因为这个小秘密也变得异常的积极起来。

三毛希望练习簿能用得快一些，尽量把字写得大一些，在写作业时经常写完一门，就赶快数一下剩余的页数。甚至是老师罚着重写作业时，她却异常地欢喜，心想着又能快一点去换糖纸了。这都是因为还是小学生的他们还没有被大人们足够重视的家庭地位，手头上仅有的一点大人们施舍给自己支配的零花钱完全满足不了他们的这项爱好。

每个孩子心里的愿望应该是从天上突然掉下来一大笔钱吧！然后就可以尽情地买画片、橡皮筋这些了。三毛没想到这个时机终于来了！那是一个普通得不能再普通的星期天，三毛走进母亲的睡房，三毛的眼睛突然一亮，五斗柜上正躺着一张红票子——五块钱。

五块钱对三毛来说已经是一笔巨款了。当年一个小学老师的薪水大

约是一百二十块台币一个月。但是对三毛来说五块钱等于无数条彩色的橡皮筋和《红楼梦》里小姐丫头们的画片，可以贴满一面大玻璃窗的糖纸，她只需神不知鬼不觉地拿走它，装进自己的口袋里，这些所有的快乐都会轻松地得到，她也不用再那么辛苦地去想怎么填满那些练习簿了。

"快拿！""不能拿！"三毛的脑海里有两个小人在打架。三毛的心剧烈地跳动着，最后还是那些花花绿绿的糖纸占据了上风，她快速地将这五块钱抓进了自己的口袋里，微微发抖的手里紧紧攥着这张掌握了她小幸福的红纸。

吃饭时母亲发觉钱不见了，姐姐和弟弟只管吃饭，三毛却反常地搭话，问母亲是不是记错了放钱的地方。母亲答不可能的。三毛正迎上了父亲的目光，心虚地低头扒起了饭。

三毛的性格虽然有些倔拗，却还是个诚实的孩子。做了亏心事的她，一整天脸都是烫的。午睡时也不肯脱裤子，因为钱还藏在口袋里呢，一脱可就露馅了。母亲当她是哪里不舒服，带她去看病。可去了医院，医生也说不出个所以然来。

母亲描述症状，说这孩子一整天都心神不宁的，脸和身子都是滚烫的，像是在发烧，吃不下睡不好。医生什么药也没有开，只是让三毛回去早点休息。这些大人们哪里知道，现在坐在他们面前的人其实是个"小偷"，她的确病了，但是一块心病，她的心病就是口袋里烫手的五块钱。

她偷拿钱的时候只是想着可以尽情地买买买了，却没想到花钱也会这么难。她现在正愁着如何花掉这笔巨款。下午姐姐给大家讲故事的时候，三毛差点就把钱拿出来多买几个故事了。可临了，她一想这钱的面额太大了，拿出来肯定会被怀疑，于是花钱计划又破产了。

到了睡觉前，钱还是没有花出去。三毛已经被这张钱搞得筋疲力尽。偷拿的钱并没有给她带来预想中的快乐，反而像一把镣扣重重地压在了她的心头上，使她无法心安理得地享受花钱的乐趣。她决定将钱再神不知鬼不觉地放回去。

  趁她母亲去洗澡，父亲也不在房间里，她光着脚蹑手蹑脚地溜了进去，把口袋里的五块钱快速地丢到五斗柜跟墙壁的夹缝里去，逃回自己的房间，躺在床上长吁一口气，终于把这个重担卸了下来。她的心里五味杂陈，觉得自己真是个胆小鬼，白白担心了一天，一切又回到了原点。也为离她远去的那些橡皮筋、画片、玻璃纸而感到可惜，这一天过得真是煎熬！

  第二天早上，三毛神色自若地吃着早饭，全然没有了昨天的不自在。"钱找到了吗？"她假装不经意地问了一句。"等你们上学了才去找，快吃！"

  早饭吃完了，可三毛还是不放心，万一她把钱藏得太好，母亲没发现呢？她忍不住走到母亲的睡房去打了一个转，出来便大喊："妈妈，你的钱原来掉在夹缝里去了。"

  母亲走进房间，捡起钱说："大概是风吹的吧！找到了就好。"父亲抬头看了三毛一眼，像是看穿了她所有的心事。三毛的脸又烫了起来，她匆匆地告过别，头也不回地走了。

  没多久，父母突然管起孩子们的零用钱来。父母给每个小孩每个月一块钱，不管用途，只要自己记好账就行，用完了还可以预支下个月的零用钱，但是预支的钱不能超过两个月，这对孩子们来说已经足够幸福了！

  三毛的父亲有天还额外给了她一盒外国的进口糖果，天上终于掉馅饼了，不，是糖果。三毛无比幸福地把糖果一颗颗剥出来放在一边，将糖纸们泡在脸盆里洗干净，然后一张一张将它们贴在玻璃窗上晾干。

  对三毛来说，这次的小偷经历是彻彻底底的失败了，但这个事件却带来了意外的收获。他们不仅有了零花钱，她还得到了心心念念的糖纸。她的那个下午被那些五彩缤纷的糖纸包围着，玻璃窗被装饰成了绚丽的图画，整个下午三毛都快乐得不得了，而这些色彩里装着父亲那份深沉的爱。

许多年后，三毛回想起这件让她有些羞愧的小事。她很感激当时父母顾及她的自尊，没有去直接戳穿她，她和母亲提起这件事时，母亲却早已不记得了。母亲问她怎么后来没有再偷了呢？三毛答道那个滋味并不好受。大家听完不禁哈哈大笑起来，原来姐姐弟弟们小时候都偷过家里的钱，也觉得不好受，也就不会再去干了。

这些陈年旧事像褪色的老照片已失去了它的色彩，但相片里的人物和气息却已深深地印在了三毛的心里，像一串串记忆的风铃陪伴着她，在她走过的每一寸土地上都留下了一声声清脆的回响。

"那是今生第一次负人的开始，而这件伤人的事情，积压在内心一生，每每想起，总是难以释然，深责自己当时的懦弱，而且悲不自禁。而人生的不得已，难道只用"不是我"三个字便可以排遣一切负人之事吗？"——三毛

小时候的三毛很少交朋友，因为她很喜欢适度的孤单，觉得那是心灵上最释放的那一刻。所以她也很享受独处的时光。如果说人是一种嗅觉动物，是完全嗅得到相同气场的味道的。三毛从来没有想过自己会和那个哑巴军人成为朋友。如果那天她没有被那只疯牛追进学校，没有被风纪股长逼着去厨房提水，她也永远不会和那个哑巴军人有所交集。

那天三毛被逼无奈，拎着水壶趁着疯牛不注意一路狂奔去厨房提水。等灌满了滚烫的开水后，怎么回教室却成了个大难题。厨房去教室只有这一条路，三毛没办法绕过疯牛，拎着滚烫的开水更不能像刚才那样跑回去，她一边想着可怕的疯牛，一边想着要被风纪股长记名字交给老师算账，便一时没了主意，干脆蹲在地上伤心地哭了起来。

哭了一会，好在救兵来了。救兵便"国庆日"以前才从台湾南部开来台北暂时借住在学校的军人。军人们看见一只疯牛在操场上发疯，一点也没当回事，大家一起把疯牛赶到校外的田野里去了。三毛看到牛被赶跑了，才敢提起大茶壶，磨磨蹭蹭地往教室的方向挪去。

177

突然她的背后传来了厚重的喘息声,那疯牛又杀回来了?三毛吓得丢了水壶往地下一蹲,等了半天她心中设想的恐怖画面并没有出现,她壮着胆子往身后一瞥,哪里有什么疯牛啊,就是个提水的兵,这个兵长得五大三粗的,壮得像一头牛。三毛恼怒地瞪了他一眼,差点被吓死了!

可那个兵跟个没事人似的,傻乎乎地咧着大嘴对她打手势,原来他不会说话。三毛看到他挑着两个好大的水桶,水桶里装满了水,水面上还飘着两片碧绿的芭蕉叶。大兵二话不说,轻松地一把抓过灌满开水的水壶,抬了抬下巴,意思是让她带路,一下就解决了三毛的大难题。

送完水,三毛用石头在泥地上写字,问他是什么兵。大兵马上看懂了,写下了吹兵两字。三毛笑得眼泪都出来了。大兵看着三毛,也傻傻地跟着笑了起来。三毛突然对眼前的这个大个子产生了怜悯之心,脱口而出:"我教你写字吧!"她在地上郑重地画下了一个"炊"字。

也许是彼此看穿了各自与这格格不入的环境与埋在心底的孤单,抑或是对方的出现都给自己阴暗的世界里增添了一缕阳光,总之这个看起来有点呆的哑巴军人轻而易举地便获得了三毛的信任。一大一小,这两个孤单的灵魂就这样靠近了,三毛和一个哑巴军人莫名地变成了朋友。

上学变成了三毛期待的事情,因为那里有个朋友正殷切地期盼着她的到来。每天早上三毛到学校遇见哑巴军人,他都会丢下水桶跑过去向三毛问好。也正因为要教哑巴识字,哑巴上课更认真听讲了,一有空就去找三毛教他写字,哑巴也学得很认真。对于才上四年级的三毛来说,她充当的小老师这个角色是十分重要的。他们经常连比画带猜的聊天,沟通起来倒也没什么障碍。三毛第一次感受到了交朋友的快乐,而且还是个忘年交的朋友。

三毛从未想到过哑巴的身上故事背负着那么酸楚的伤痛。哑巴的故事是三毛在班上听到的,哑巴是四川人,当兵前在乡下过着男耕女织的幸福生活,有一天,他媳妇就快生了,哑巴去省城抓药,结果在抓药的路上，被一群路过的当兵的抓去捐东西了，这一别便再无相见之日。再后来哑巴就跟着军队来到了台湾，家中老人、媳妇以及那未曾谋面的孩子都永远的成了一场缥缈的梦，深深地埋葬在了哑巴的心里。

世间有着太多的不可预料，甚至连给人选择的机会都没有，只能眼睁睁地看着自己被时间的洪流推到了尽头，只剩下一阵唏嘘叹息。三毛为他的哑巴朋友感到伤心，也对这个世界太多的无可奈何感到遗憾。她也从未想过自己会以这样的方式和她人生中的第一个朋友决裂，她把这次决裂定义为负人。

有一天，哑巴找到三毛，用手示意她来看。只见哑巴的掌心一打开，里面躺着一只金灿灿的戒指，那是三毛长那么大以来第一次看见金子，她知道这是非常贵重的东西。

哑巴很严肃地把金子递给三毛，三毛被吓得直往后躲。哑巴在地上写道：不久要分别了，送给你做纪念。但是三毛还是不敢收，只是说了声再见，就匆匆地跑了。那天三毛回家，母亲对她说老师来做家访了。三毛不知道自己到底犯了什么错，担心了很久。

美好的日子总会结束，三毛和哑巴的这份友谊早就挑起了老师的敏感神经，她找到了三毛，还问一些"他有没有对你不轨？"这类奇怪的问题。老师拿出一个严师的姿态向三毛发出警告，要求她不再和哑巴来往，即便是打招呼也是被禁止的，更别提相互赠送礼物了。老师甚至还跑到她家找到了她的父母，让他们一起监督三毛。

三毛实在是不理解，她只是想交一个朋友而已，为什么连这么简单的交往权利也要被扼杀掉？但是每天在老师那双探照灯似的眼睛的监视下，三毛退缩了，在之后的日子里，她总是刻意地躲避与哑巴的相遇，有时实在是避不开，也是装作没看到哑巴那双上一秒还在兴高采烈，下一秒便转成无比哀怨的无辜眼神。

哑巴不知道自己到底怎么得罪了这个和他孩子差不多年纪的小朋友，

是那次送金戒指送出的毛病吗？他终于拦住了三毛，蹲在地上写了一大串的问号后抬起头急切地向三毛投去疑问的眼神。

三毛不知道该怎么解释，只是在地上写了好多个不是我后便哭着跑了。她永远也无法忘却哑巴眼里那受伤的眼神。

哑巴终于走了，他要随军回到南方。临走前他冲到三毛的教室给她留下了自己的姓名和地址，还有一包异常珍贵的牛肉干。地址当然被老师给没收了，牛肉干也被老师恶作剧般的喂了狗。哑巴走了，三毛觉得自己的心也空了一块，她的友谊，也随着军队的离去而破灭了。

那时候的她还太小，老师的话的分量太重，她完全没有勇气去挑战老师的权威，所以她宁可选择伤害哑巴。她第一次感受到了无法保护朋友的无力感，即便是她再不愿意，也只能违心的去斩断这份情谊。

长大后，三毛渐渐地拥有了许多朋友，但最初的这个哑巴朋友却深深地印在了她的脑海里。美好的友谊如沐春风，是在这个繁杂的世界中寻求勇气的力量，在你快乐的时候愿意分享，在阴雨绵绵的日子里一扫阴霾。

三毛曾将朋友这种关系概括为：最美在于锦上添花；最可贵，贵在雪中送炭；朋友中的极品，便如好茶，淡而不涩，清香但不扑鼻，缓缓飘来，似水长流。可能正因为曾经辜负过别人的善意和真情，才会有如此深刻的体会吧！

长大后三毛每每想起和哑巴做朋友的这段时光，她心里就一阵隐痛，那是她今生第一次负人，伤害了一个如此真诚善良、会对她毫无保留好的人，她痛恨自己的懦弱，但也感激于哑巴曾经给予自己的温暖，人生正因为有许多的遗憾，所以才让人会更加珍惜所拥有的，虽然不知道她的哑巴朋友现在何处，有没有他的家人们再次重逢，这份友谊已化作浓浓的祝福，漂洋过海，成为了世间最美好的回忆……

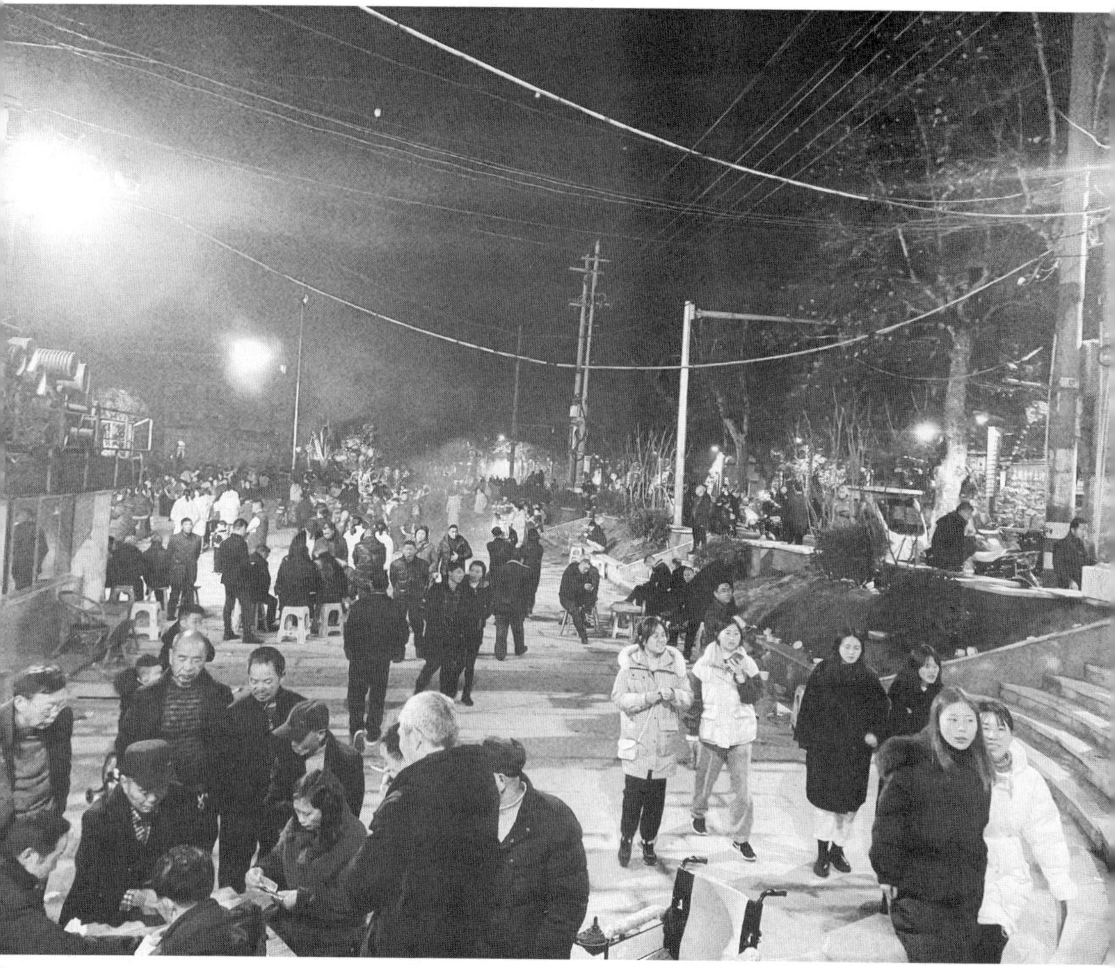

小镇里的节日

初冬时节，一场由泰顺县文化馆发起的建馆70周年活动，让我有幸走访了两位曾经在泰顺文化馆工作过的群文工作者，从他们的口述中重现了当时泰顺群文工作历史发展的变迁，曾经的那一幕幕热火朝天的泰顺群文生动画面仿佛就在眼前，那些人和事虽然已渐渐模糊，但他们的事迹已成为了一个印记牢牢地映嵌在了泰顺群文工作的历史长河中，成为了推动泰顺群文事业不可抹灭的星辉照亮着群文发展的道路。他们像是一群辛勤的文化艺术播种者，不畏艰苦，将文化艺术的种子撒满了乡镇的每一个角落，让文化之花竞相绽放。

他们不知道那些久远的故事也曾与我的故事交集着。我出生在一个有着美丽传说的氡泉小镇里，山城小镇的生活和大部分乡镇一样安逸而慵懒，而这种安逸对于处在少年的我却是极其不适应的。

少年好动的天性让我无比地期待有一个音符来打破这种世外桃源般的宁静，就像万籁寂静的雪后一只鸟儿扑腾着翅膀突然的到来，在孩童们的世界里引起的一阵雀跃的欢呼，而泰顺文化馆每次的送戏下乡活动就是引燃我们这群孩子内心这团小火焰的火把。

每到这个时候，在我们这群孩子们中就流露着一种过节式的欢天喜地。孩子们这种欢乐的情绪也不知不觉地传递给了大人，随后整个小镇里都沉浸在一种异常热闹的喜庆中。对于这个宁静的小镇来说，这也的确是一件快乐的大事情。

孩子们放学后都以最快的速度收好书本，一改平时在路上嬉戏打闹的拖拉性子，急匆匆地跑回家。到家如果还没开饭，便站在灶台旁性急地催促着母亲赶快开饭，不要误了看演出。大人们也破天荒地耐着性子任由孩子们耍赖皮，默许了等看完演出再写作业。

孩子们三口两口地就扒完了碗里的饭，也来不及等大人们收好碗就一路小跑到小伙伴们的家，三三两两地约好一起去看演出。一条不长的街上熙熙攘攘地走着准备去看演出的人们。"你也去看演出啊？""是啊！听说文化馆今天要演天仙配桀头戏呢。"大人们在路上不断地和熟人打招呼寒暄着，附近不远的乡民们也赶到镇上来准备看个热闹。不用说，孩子们依然是整条街上最热闹的群体。

一段才几百米路硬生生地让我们走出了几百公里的焦急感。终于到达演出地点，舞台前方摆满的一排排凳子上已经密密麻麻地坐满了人。我们占着自己年纪小身体比较灵活的优势，手拉手靠几个人硬生生地在密不透风的人群中挤出了一条路，各自找到一条板凳的边缘站了上去伸长了脖子看。

演出的舞台是在我们镇上唯一一所中学的操场上临时搭建的。这个舞台似乎有一股神奇的魔力将我们所有人的目光都牢牢地吸住，从舞台上投射下来的五彩斑斓的灯光，音响里传来的震耳欲聋的音乐声，舞台后方临时隔出来的一块幕布，幕布后面有一个简易的棚子，充当演员们换装和候场时的休息室。演员们穿着色彩鲜艳的演出服，化着美丽的妆容，所有的这一切像一个百变的万花筒，给这个小镇上的人们平凡的日常里注入了一股炫彩的新鲜气息。

演出开始了，人群里嘈杂的声音像是得到一个信号立刻销声匿迹。所有的目光都紧盯着舞台，追随着舞台上演员们的一颦一笑。歌曲、舞蹈一个个精彩的节目呈现出来，演员们卖力地在舞台上表演了无数遍的节目，对于他们来说这是他们日常的一部分，但对台下的人们来说这却是一个全新的精神享受。

令人最期待的地方柴头戏开演了，台上的演员们牵扯着手中的丝线，木偶们像是活过来一般咿咿呀呀地开始了自己的人生纠葛。此刻男人们忘记了抽烟，女人们忘记了扯家常，孩子们也早已忘记了打闹，剩下的只有演员们在舞台上忘情的表演和人们久久不息的掌声。

演出结束了，演员们开始撤台，我和小伙伴们却还迟迟舍不得离开，看着他们忙碌的身影忙前搬后的，一直要等到他们将所有的道具设备都搬运上车驶去，才依依不舍地目送演队伍的离开，并已经开始期待着这辆装满了各种道具的车再次的到来。

回忆起这一幕，我的脑海中总是会不断地回想起当时看演出那激动的心情，鼻尖里似乎都还能闻到从那个简易的舞台下长满的绿草所传来的那股清新的味道，这便是文化和艺术给少年时的我所带来的快乐与感动，这些也组成了属于我少年生活那部分幸福的美好记忆。

著名作家麦家曾经表述过关于美的感受，"如果说爱是阳光，那么美是月光。月光似乎是虚的，没用的，没有月光，万物照样漫生漫长，开花结果。但你想像一下，倘若没有月光，我们人类会丢失多少情意，多少相思，多少诗歌，多少音乐。美是虚的，又是实的，它实在你心田，它让你的生命变得有滋有味，有情有意，色香俱全的，饱满生动的。"

那时的我并不知道这就是一种艺术之美，但我却真真切切地感受到了它的存在。它的存在让我们枯燥的生活增添了一道彩虹，这便是我少年时代与泰顺文化馆结下的关于文化艺术的美好良缘，它带给了我最初美的启发与享受，也给这个静怡的温泉小镇带来了过节式的快乐，也因为这份际遇，让我日后对文化与艺术产生了天然的亲近感。时隔多年，我成为了一名写作者，继续以少年时的这份温情记忆延续着这段关于文化艺术之美的故事……

你便是晴天

  时光流转，岁月匆匆，那些与青春有关的日子像午后的阳光透过青涩的叶子斑斓明亮，在很多年后，玲子的耳边还是会不时地响起那句道别。"笨蛋，你要好好的！"她还清楚地记得他那时苍白的脸庞和微微发抖的嘴唇。

  那座古里的旧时光像一本褪色的旧画册，将那些日子的影像刻了下来，有些记忆已经变得模糊不清，但那个人却像一把被磨亮的钥匙在之后的岁月中一次又一次地打开玲子记忆的闸门，让她无法伸展和呼吸。她一直都还在寻找……

  "你好，我叫莫白。"他向玲子伸出了手。站在玲子面前的这个男孩有一双修长白皙的手，这双手和他的人一样干净清爽，上面的每个指甲都被苛刻地修到了指肚上方。他的手掌血色红润，散发着生机勃勃的气息。

  他穿着一件简单的白色短 T 恤，浅蓝牛仔裤，白色球鞋。额头上的一缕头发被额头的汗水浸湿，挂了下来，挡住了长长的睫毛却挡不住那双无时无刻都带着笑意的眼睛。他和玲子站在 5 号女生宿舍楼的门口，把箱子递给了她,再次向她确认道:"你一个人可以拎上去吗?要不我和宿管阿姨说一下,让她通融通融,帮你把箱子拎上去。"

站在她对面的莫白整个人透着一种淡淡的薄荷香味,伴着八月的炎热向她扑来。他让玲子不由自主地想起了家乡一种叫茅针的野草,糯糯柔柔的,充满了清香甜润。这种想法让她对眼前的这个男生多了一些自然的亲近感。

"不用了,谢谢莫学长。我自己可以拎得动。"一方面这个箱子对平日里干惯了农活的玲子来说简直是不在话下,另一方面玲子觉得实在不好意思再麻烦这个只有一面之缘的学长了。

火车站的偶遇,到学校一路上莫白的热心帮忙都让这个从农村初来乍到,寒窗苦读了十多年基本上和同龄异性零交流的玲子有些束手无策。

说这话的时候,玲子低着头不敢看莫白的眼睛,从来没有人这么善意的对待过她。自从她的爸爸去世,她的妈妈头也不回的改嫁到城里后,她就一直和她的奶奶相依为命。

可在她奶奶的那具苍老的身体里,玲子也从未得到过一丝温暖,有的只是干不完的家务和奶奶常常在玲子那张长得像她妈妈俊俏的脸庞上停留的一丝恨意的眼神。但玲子还是很感激奶奶不仅给了她这个摇摇欲坠的容身之地,而且也没有让她辍学。她对于发生在自己身上的不幸始终持着一种宽容和理解的态度,冷静的像一个旁观者。

玲子的美是显而易见的,连这身穿了许多年的这件土黄色的确良连衣裙都抵挡不住她的美丽。这正是嫩得能掐得出水的年纪,她小麦色的脸上被夏天的热气烘得红扑扑的,显得娇嫩可人。一双大而灵动的杏眼里闪现着小心翼翼,令人心生怜惜。

也就是这样的一双眼睛让莫白在潮涌的人群之中一眼看到了她,并捕捉到了这个青春少女眼里的那丝不易察觉的忧郁。如果说人和动物一样是靠气味去寻找同类的,那么莫白可以确定这个女孩和他有着相同的气味。他就这么鬼使神差地向对方走了过去，像一个突兀的搭讪者傻里傻气地说要帮她拎箱子，还差点被她当成是坏人。

　　当她说出那所大学的名字时，他的内心居然雀跃了起来。他很愿意把这种巧合当作是冥冥之中的注定。他很惊讶于自己居然对眼前这个看起来有些土里土气的乡下女孩发生了如此强烈的兴趣。是因为她与这个城市看起来格格不入，还是她眼里的那些令人感动的清澈吸引了他这个公子哥，他并不知道。只是当他反应过来时，他已经走到在她的面前。

　　莫白似乎还不太习惯于别人的拒绝，他像是没听到玲子的话似的，拉着箱子径直地走到宿管处。玲子看到莫白脸上堆着大大的笑脸，正和宿管阿姨热络地说着什么，不一会儿就开心的朝玲子挥挥手，让她过去。看样子阿姨是放了通行令了。

　　是啊，人们怎么会忍心去拒绝这样帅气阳光的一个人呢？与他相比，玲子觉得自己简直就是太阳背后的阴暗面，潮湿阴冷，应该没有什么人愿意去喜欢她吧！莫白的热心举动让她不安，但是她立马又觉得自己的想法很可笑，他只不过是一个乐于帮助别人的学长罢了。

　　玲子看着莫白吭哧吭哧地把箱子扛到了五楼，两人走到501宿舍门口时，已经有两位女生在里面了，一个胖胖的短发女生正在整理床铺，另一个身型消瘦的长发女生正在看书。听到门口的动静，两个人一同朝他们看了过来。

　　胖胖的女生长着一张很有福气的圆脸，她的五官也是圆圆的，卷卷的短发再加上圆圆的五官，让她看起来很萌，像是某个漫画里的人物。

　　看到长发女生，玲子倒吸了一口气。在生活里她从未见过如此漂亮的人。如果说玲子的美是小家碧玉般的美，那长发女生的美则是侵略性十足的。她的美带着一种莫名的压力感，它带着夺目的光芒，让人一看就无法移开视线。

　　这是城市女孩才有的白皙似半透明的肌肤上透着淡淡的少女粉，扑闪着一双摄人心魄的桃花眼饱含情绪，高挺花瓣般娇嫩欲滴的嘴唇让人看了就想浅尝一口。玲子看到莫白学长的眼里亮了一下，不知道为什么，她觉得自己的心凉了一下。

"你好撒！我叫苏刘，大家都叫我六六。以后我们都是室友啦！"胖胖的女孩带着一口浓浓的川音，很热情的从莫白手里接过了箱子。长发女孩对他们的到来并没有什么表示，还是那么淡淡地坐着，仿佛眼前的一切都与她无关。

玲子对六六笑着说了声谢谢，我叫玲子。说完又转头和莫白道谢。莫白忙说不用，以后有什么要帮忙的尽管说。他想了想，从包里拿出一张纸和笔，写了几行字递给了玲子。

玲子接了过去，上面写着莫白，艺术学院01摄影班，下面一行是他的电话号码。他的字和他的人一样清秀，完全看不出是男生写的。自来熟的胖子八卦地把头凑了过来，"01级的呀？哎哟！原来是大三的学长啊，失敬失敬！以后还请多多关照啦！"胖子夸张的拖长了语调。

莫白笑着点了点头，和玲子道完别离开了。胖子六六一眼不眨地目送着莫白学长远去的背影，一边幽幽地发出感叹道："真帅啊！"她那一副花痴的样子让玲子忍不住扑哧一声笑了出来。

六六听到玲子的笑声，察觉到了自己的失态，不好意思地挠挠头，似乎为自己辩解似的说道："谁不喜欢看帅哥啊？你不喜欢？你不喜欢？"她朝玲子和长发女孩发问道。然后她觉得自己更理直气壮了，又补了一句道："就像男生也喜欢看美女一样，这就是人性，天经地义！"

长发女孩对六六的这番言论皱了一下眉头，吐出了一句上海话："港都。"便自顾自地看起了书。玲子和六六虽然都听不懂上海话，但也能从她的表情和语气判断出这不是句什么好话。

六六气呼呼地问她这是什么意思，长发女生面对她的质问却连眼睛都没抬，没有表情的沉浸于自己的世界里。因为她根本就不想和一个花痴胖子还有乡巴佬浪费时间，她带着一种怨念想着刚才那个长得有点像明星李易峰的学长简直就是瞎了眼跟这种乡巴佬去献殷勤。

应该说她看不起这里的所有人，她明明就有更好的前程和更大的舞台，只是这次高考的失利才让她心不甘情不愿的来到了这里，而且她无比的后悔当初在志愿书上勾了服从调剂。

她从接到录取通知书的那天起就开始拒绝这个事实，连收拾行李也一拖再拖。直到临行的前一天才不得不开始收拾起了行李。她缓慢地把一件件东西装进箱子，带着一种悲悯的情绪，合上了箱子，似乎在和过去骄傲的自己做诀别。

从离开上海那天起，她就下定决心不会和这里的人产生任何多余的交集。这里只是她人生列车中的一个中转站，这里的人和事都是无关紧要的，她在手账本里列下的清华计划，让她再次燃起了斗志。她会重新找回属于自己的骄傲。

六六看到长发女生完全地无视她，不禁提高了自己的嗓子道："李薇薇，你有什么了不起的啊？不就是上海人嘛，我告诉你，在这里你也是个地地道道的外地人！"

李薇薇用那双漂亮得不像话的眼睛撇了一眼六六，厌恶地说道："这里不是菜市场，请不要影响别人看书好哇？"六六被她噎得半天说不出话来，只是一个劲地说："你……你……"

眼看战事就要升级，玲子连忙拉住脸憋得通红的六六，说道："哎，六六，我肚子饿了。你带我去吃饭吧！我还不知道食堂在哪儿呢。"边说边拉着六六出了门，避免了这场一触即发的战争。但是这两人的梁子算是结下了。

去食堂的路上六六还在为刚才的事在生气，嘴里嚷嚷道："装什么呢？就她清高！有什么了不起的。哼！"玲子在一旁低声安慰她，觉得六六虽然人大大咧咧的，但很真性情，倒是那个叫李薇薇的长发女生显得有些不近人情了。不过玲子本来就不擅长处理人际关系，也不想加入女生的这些是非之中。她只想安安静静地上完四年大学，再回老家考个老师，和奶奶一起踏踏实实的过日子。

接下来的日子玲子每天都过得很忙碌，大学生活似乎为她打开了一扇全新的大门。这里的图书馆那么大那么新，铮亮的大理石地板，数不清的藏书，她想看什么书只要用手指一点就可以查到。

她想起了她高中的那间天花板掉漆的图书馆，里面只摆着可怜的几排书架，上面摆着屈指可数的几本书，更别说空调了，冬天那里简直就是一个冰窖。现在的她仿佛到了天堂一般，她恨不得一下课就泡在这里。

她像一个初生的孩子一个个地打开了潘多拉魔盒，这里所有的一切都让她感到新奇。她感到自己很满足，就连李薇薇不时对她的刁难她都忽略了。只有在遇见莫白学长时，她的心才会变得贪婪起来。

自从第一次见面后，玲子又在迎新晚会上见到了莫白学长。他作为压轴登场，一出场整个礼堂便沸腾了，他站在那里，低低的吟唱着，样子忧伤迷人，五彩的灯光打在他的身上，像极了爱情的样子。当莫白的目光落在玲子身上时，玲子觉得自己的身体突然变得僵硬了。礼堂里的各种嘈杂的尖叫声都离她越来越远，她甚至听不到她身旁六六那杀猪般的尖叫声。

她进入了另一个空间，那个空间里只有莫白学长和她两个人。他们对望着，莫白在对她笑。他怎么能笑得那么好看？那么温暖！像她在午后的黄昏躺在大片的芦苇地上，满地的芦苇挠得她痒痒的。她也笑了，两颊在黑暗里开出了两朵花。

晚会结束后，玲子一直在人潮里寻觅莫白的身影，但是都没有找到。她失落的回到了宿舍，六六一直在唠唠叨叨："你说老天怎么这么偏心？莫白学长这么帅，唱歌还那么好听，听说他还拿过那个新锐摄影师奖呢。哎，玲子，你说说你们是怎么认识来着？"李薇薇躺在床上还是一脸不屑的样子，可莫白在台上的样子，确实是很让人心动。玲子还一直沉浸在刚才的那个笑容里，完全没有听进六六的话。这一夜，床板被她翻了无数遍。天快亮的时候她终于进入了梦乡，梦里尽是他的微笑。

她开始在学校的各个角落寻觅他的身影，每天都是有目的的一天，她越来越多的出现在艺术学院的区域，任何与他相似的身影都会让她的心莫名的慌乱一阵。她无比期待着与他的再次相遇，每天睡觉前她总是一个人在床上把夹在书里的那张纸条再偷偷地翻出来，抚摸着上面的每一个字，纸条上的字都被她手上的汗给润糊了。

可是半个月过去了他还是没有出现。玲子越来越失落，好几次她都想找个借口去见他，但临了少女的矜持又让她的热情冷却了下来。我在干什么？她在想，她觉得自己完全变成了另一个人，一个心底藏着隐秘痛苦的人。他怎么可能会喜欢我呢？我太天真了！玲子使劲地想把脑海中的那个笑脸挤出去，她把心一横，拿出那张纸条撕了个稀巴烂。

等到他们再次相遇的时候已经是冬天了，那时玲子正忙着准备期末考试。她抱着一叠书和六六去往图书馆路上，那天她穿着一件米色呢大衣，高领白色毛衣，头发披散下来，每个经过的男生都忍不住多看她几眼。一个学期下来，她身上的土气已全部褪去，看起来就是一个地道的城里姑娘了。

"玲子……"这个声音听上去有些熟悉。她转过头去，消失的莫白不知道从哪里钻出来站在那里，又对她露出那该死的笑容。玲子觉得自己的鼻头变得酸酸的，心底的那些被压抑了许久的蠢蠢欲动伴随着委屈，怨念一股脑儿的全部涌了上来。

她多想冲上去紧紧抱住他，大声的埋怨这么久你都到哪去了？你知不知道我好想你。可是满腔的情绪只化作了她轻描淡写的一句："学长你好啊！"莫白向她走来，不，准确地说他是朝着她跳过来的。玲子和六六一脸诧异地看他滑稽地跳到了她们的面前。六六指着莫白一只绑着石膏的腿惊讶地问道:"学长,你这是?"

"没事,去采风踩空了,从山崖上掉了下来。还好命大,没什么事,就是躺了几个月。"莫白深深地望着玲子,似乎有很多话想要说。

"那个,我有话想单独和你说。"莫白对玲子说道。六六识趣地走了,走前还对玲子俏皮地眨了眨眼睛。

现在只剩下他们俩了。气氛突然变得尴尬了起来。他们俩都沉默着,好像都不知道该如何开口。她盯着他脚上的石膏看,心里却是很欢喜。

"做我女朋友吧!""你的脚痛吗?"他们两人同时开口了。两人都笑了起来。莫白又对她说了一遍。"做我女朋友吧!"玲子的心狂乱的跳了起来。

"对不起,对你来说可能太突然了。但从我第一次见到你时,我对你就有一种不一样的感觉。本来我想让你去慢慢地了解我,但是这次摔伤让我觉得人生充满了太多的意外,我不想错过这份美好的感觉。如果你愿意,我会用尽所有的力气去爱你。"

玲子认真的竖起耳朵,不想错过任何一个字。她的内心在雀跃,天呐!他正在向她表白耶。这个让她朝思暮想的人,让她做他的女朋友。她觉得幸福来得太突然了。她忙不迭地点了点头后又发现自己好像太不矜持了,害羞地低下了头。

看到玲子点头后莫白开心的一把抱住了玲子,他摔下山崖的那一刻脑子里闪现的是玲子的脸。他大难不死被救回来后第一件事就是想见玲子,却没有玲子的电话,他无比心焦地在医院和家里躺了那么久,等到终于能走动时,就回到学校向玲子表白了。玲子靠在莫白宽实的怀抱里,这一刻她才知道自己是多么的想念他,所有的思念都变成了一个紧紧的拥抱,值了!

接下去的日子,莫白和玲子和所有陷入幸福的校园情侣一样,沉溺在甜蜜之中。每天早上,玲子听到宿舍楼下自行车的铃铛有规律的响起来，她就迫不及待地探出脑袋，看到莫白帅气的跨在自行车上朝她宠溺地笑，她便朝莫白挥挥手，两步并一步的冲下楼去拿莫白给她买的爱心早餐。每到这时，六六总是夸张地唱起爱情爱情是什么，李薇薇则酸溜溜地冒出一句："幼稚！"

日子过得飞快，转眼莫白快毕业了。他现在在一家设计公司做实习摄影师。为了更方便工作，他搬出了学校，一心扑在了工作上，和玲子见面的时间也越来越少。

玲子隐隐地开始觉得不安。她害怕他们也和大部分的校园情侣一样面临着毕业就分手的结局。她更加地珍惜他们的每一次见面。只要一没课就往莫白的住处跑，看着莫白的身体越来越消瘦，她就花着心思给他做各种好吃的。玲子的无微不至的体贴让莫白的单身狗室友都羡慕不已。

那天是莫白的生日，玲子早早的就准备好了生日礼物，拎着蛋糕去找莫白。来开门的是莫白的室友大壮，他打开门一看是玲子，脸色一下就变了，跟见了鬼似的，说话也不利索了。

"找莫白啊？他……他不在。"说完他还心虚得往后望了一眼。玲子觉得不太对劲，坚持要进去等他。大壮拗不过玲子就让她进屋了。玲子进屋一看，莫白房间的门是锁着的。除了睡觉他平时从来不会锁门的。

玲子过去敲了敲门，大壮连忙拦住她说："他……他不在，有事出去了。"玲子使劲盯着大壮，大壮被盯得移开了眼睛。"让开。"玲子冷冷的说道。

玲子开始拍起了门，她的心也随着拍门的声音一抖一抖的。门终于开了，莫白的身后站着一个李薇薇。莫白看到玲子好像一点也不惊讶，更没有一句解释。瞬间，玲子全明白了。她终于明白了为什么莫白越来越冷淡，明白了为什么找工作为借口来爽约。

"对不起！"莫白看着玲子，眼里满是心疼。

玲子默默地退了出去，她像一具被抽空了的行尸走肉漫无目的地走着,刚才忍得很辛苦的眼泪终于放肆地流了下来,她无声地哭着,找到一个石墩坐了下来,打开蛋糕盒,大口大口地塞满整张嘴。似乎这样做,就可以填满她心口上刚被剐开的一个大洞。

看着玲子远去的背影,莫白整个人瘫坐了下来。李薇薇看着他这副模样心里隐隐作痛。"你不后悔吗?"她问道。

"不后悔,我是为了她好。"莫白悠悠地说着。

"为什么要找我帮忙?"李薇薇问。

"为了能让她彻底的死心。"莫白说道。

"她以后万一发现了怎么办?她会恨你不让她有知情权的。"李薇薇为这个男人的痴情感到不解。

"那就恨吧!我希望她幸福就可以。"莫白苍白的脸上露出了笑容。

毕业离别的聚会上,大家都被离别前的不舍情绪所笼罩着。大家尽情地喝着酒,并借着酒劲诉说衷肠,六六已经搂着玲子她们几个哭得泣不成声。这时李薇薇举着酒杯向玲子走了过来。自从那次在莫白的宿舍碰面后,六六和李薇薇大吵了一架,六六在楼道里大骂她是狐狸精,抢人家男朋友。之后没多久她就搬出了宿舍,自己到外面租房住了。

玲子再也没有在学校里见过她,听人说她在考雅思,准备出国。还有一个人也彻底地消失在她的生活里。他在哪?在干嘛?她已经不想关心,这一切已经都与她无关了。

她竟然来主动和玲子说话了,"我要和你说声对不起。"李薇薇举起酒杯晃了晃。玲子没有答话,只是浅浅地笑了笑便算是回答了。

"我要出国了。"李薇薇说道。

"祝贺你!"玲子想快点离开了。

"走之前我觉得我有必要告诉你一件事。"李薇薇一口干完了手中的酒。

玲子疑惑地看着她。"我很羡慕你,有一个人这么爱你。"玲子越来越糊涂了，她是喝醉了吗？

"上次他从山崖掉下来，他的脚其实没有恢复好，需要再动一次手术，医生说可能有风险。他不想连累你，所以才找我演了这么一出戏。"李薇薇一直滔滔不绝地说着。"我本来想一直帮保守秘密的，但是他今天下午就要离开这里了，我不想让你留有遗憾。这个是他的火车班次，你现在走的话应该还来得及去送他……"

玲子没有听完剩下的话，一把抓过李薇薇手上的纸，头也不回地朝火车站赶去。正值晚高峰，路上被车辆塞得水泄不通。玲子焦急地看着时间一分一秒地流逝，眼看就要到开车的点了，还有一站路才到。

玲子打开车门就跑，她一边跑一边哭，一边哭一边笑，"莫白啊莫白，你怎么会这么傻啊？我怎么会嫌弃你呢？别说瘸了，就算是瘫了，我也还是会爱你啊！我一直在爱你啊！"

玲子跑到浑身都湿透了，她用尽最后一点力气跑到了站台上，火车已经开始缓缓地驶出车站。她像一个风箱弯着腰大口地喘着气，绝望地看着那列绿皮火车慢慢的离去。

突然她的眼里出现了那个熟悉的身影，他正吃力地扒着窗户，用手在嘴上环成一个圆形，对她大声喊道："笨蛋，你要好好的！"风瞬间冲散了他的声音，火车鸣起了笛声，玲子的眼泪终于落了下来……

黑脸老陆

今天是陈浩第一天去市场报道的日子,他刚高中毕业,在城里打工的堂兄介绍他到这里做保安。保安队长把他带到了一个穿着蓝色保安服又黑又壮的人面前,对他说道:"以后你就跟着陆师傅吧!"陈浩毕恭毕敬地叫了声"师傅好。"他母亲在他出门前就交代过他,出门在外一定要给人留个好印象,要勤快有礼貌。这些叮嘱陈浩都默默地记在心里了。

老陆拿起积满了茶垢的大茶缸咕咚咕咚地喝了几口水,发出了满意的咂嘴声。"跟我巡逻去吧!"他皱着眉头打量着陈浩,似乎在质疑他精瘦的身板,陈浩抬起头正好碰上了他那双鹰一样的眼睛,也不知道是因为他利剑般的眼神还是脸上那道触目惊心的疤痕让陈浩忍不住哆嗦了一下。

"阎王陆,你可别吓着新来的小兄弟了。"一个胖子保安在旁边打趣道。陈浩听到这个称呼,心里不禁又往下一沉。出师不利啊,这人一看就不是什么善茬。陈浩暗自伤神,接下去可得多注意点,上班第一天别就让人抓了把柄。

换上了崭新的保安服,小伙子看上去还挺精神。老陆还是黑着张脸杵在那，压根就没拿正眼瞧他。见陈浩换好了衣服，他戴上帽子，拿着巡更器，自顾自地往门外走去。陈浩连忙跟紧了他，开始了他的第一次巡逻工作。

陈浩跟着老陆后面，老陆不和他说话，他也不敢吭声，生怕惹烦了这位黑脸师傅。老陆的步子迈得很稳，看起来慢悠悠的，但每一步都很有节奏，他时不时地停下来，看看这里，翻翻那里。市场挺大，走了一会，陈浩的呼吸就有些乱了。背上的衣服也被汗浸湿了，陈浩有些开始烦躁起来。这位师傅怎么这么磨蹭，赶紧走完不就完了嘛！

老陆正专心地蹲在一个消防箱前，仔细检查着灭火器，他的背也被汗浸湿了一大块。汗津津的灰白头发从帽檐边露出来，一滴汗顺着他黑红的脸上滑下来，他都没顾得上擦一下。陈浩拿了张纸巾递给他，"师傅，擦擦汗。""嗯。"老陆接过纸巾，胡乱擦了几下，又自顾自地擦起了灭火器的瓶子。

"这些灭火器一定要定期仔细检查，有效日期，压力阀，都要检查清楚。真的出了事情，这就是救命的武器。"老陆指着这些灭火器对陈浩说道，这是见面后他们说的最多的一段话。陈浩心想，这有什么难的，这师傅太较真了。

巡逻终于结束了，一下午，陈浩跟着师傅整整巡逻了四次。老陆还是一如既往地认真，巡查的每个点每个角落都不放过，一会让陈浩到仓库去检查防火情况，一会又叫他跟着去检查电器安全，陈浩连想偷懒的机会都没有。一直走到他两脚发软，头皮发麻。

回到宿舍，胖子见他回来一脸坏笑地和他打招呼，陈浩累得连胖子跟他打招呼都没理，直接把帽子一扔，整个人四仰八叉地躺在床上，心想队长该不会故意在整他吧！这是什么人哪？才第一天把他累惨了。接下来的日子可怎么过啊！

"怎么样？小兄弟，够呛吧！"胖子腆着脸凑过来问道。"嗯。"陈浩懒懒地应道。"以后可有你好受的了。我跟你说啊，这个阎王陆可不是一般人，之前已经有他带的两个新人受不了辞职了。"胖子的话听上去有些幸灾乐祸。陈浩听到胖子的话，却从身体里噌地燃起了一团火，不就是吃苦吗？我们农村娃啥苦吃不了！"我不会走的。"他对胖子说道。"那祝你好运咯！"胖子吃了个冷眼，觉得这人有点不识好歹，讪讪地走开了。

接下来的日子里，陈浩每天像一根小尾巴跟着老陆跑进跑出，无论是夜班还是白班，他都是第一个到岗，他想只要自己努力，就一定可以获得师傅的认可。就这样努力干了一个月，陈浩的肤色也深了一个号，月末的例会上，陈浩信心满满地想自己那么努力，师傅肯定要夸自己了。

轮到老陆发言了，大家都安静了下来。"小陈在巡逻中发现一个商户无证电焊作业，没有上报……"陈浩完全没有听进去后面的话，他觉得这个月自己的付出全部都化为了乌有，他甚至有了马上掀桌走人的冲动。

好不容易挨到散会，陈浩也没有去食堂吃饭，一个人躺在床上生着闷气，不知不觉便睡着了。醒来后发现桌子上放着打好的饭菜，他正疑惑，胖子说道："饭是阎王陆给你打的，快吃吧！还没见过他这么关心过人呢。"

吃完饭陈浩又跟老陆去巡逻了，老陆还是和往常一样走在前面，突然他停下了脚步，看着远方说道："巡逻不只是逛马路那么简单，而是带着眼睛去找问题。有时候一时的心软反而会酿成悲剧，对我们来说，安全保卫才是第一位。"

陈浩细嚼着老陆的这几句话，似乎明白了他在开会时批评他的用意，是想让他记住检查的时候不能放水。从那以后，陈浩严格按照老陆所说的要求去做，认真排查，他跟着老陆学到了许多安全方面的知识，渐渐地也成了半个安全专家。发生火灾时，要第一时间拨打119报警电话，并利用身边的灭火器及时进行灭火，初起火灾时，应当分秒必争。电动车不能在室内停放充电，废旧纸板箱不能堆放在一起，要及时清理，避免自燃等。

日转星移，陈浩跟着老陆不知不觉已经一年多，老陆的话还是不多，每天还是黑着脸。最近陈浩的母亲病了，他正准备请假回家去看看母亲，临走前，老陆叫住了他。老陆把一个信封塞到陈浩手里，"拿去，给你母亲买点吃的。"老陆一脸不容拒绝的表情把陈浩的一声不要硬生生地咽了回去。

陈浩回到了家乡，母亲的病时好时坏，陈浩无奈地把归期一直往后推。等陈浩回到单位时已是一个多月后。

"师傅呢？"一个多月没见，陈浩居然有点想念这个黑脸老头了，他还特意给师傅带了家里自己种的鸭梨。"哦，忘记告诉你了，老陆生病了，辞职回家了。"队长的脸色有些凝重。"啊，什么病啊？"陈浩一脸茫然。

"是之前救火留下的后遗症，被架子撞到腰了。旧疾复发，医生说要回家静养。哎，你说他都一把年纪了还这么拼干嘛！一大老爷们毁了容也就算了，还把腰给搞废了。"队长指的是他脸上的那条疤，那也是救火时留下的印记。几年前，市场发生了一次火灾，那次刚好是老陆值班。他不顾一切地冲到火场，救出了一个商户的孩子，在"阎王"手里抢人，所以大家就送了他一个"阎王陆"的绰号。

自从老陆走了以后，陈浩感觉自己的心里空落落的，再也没有那张黑脸对着他说安全无小事，每一次巡逻都是一次发现隐患的机会。我们的任务就是保障大家的安全，既然上这个班，就要对得起拿的这些工资。

年底，陈浩又一次被评上了安全工作之星。大家都说他巡逻的认真样越来越有他师傅老陆的影子了，陈浩笑了，他觉得这就是对他最大的赞赏！